저승사자를 이겨먹은
곤궁아주머니

세 계 설 화 를 읽 다 4

저승사자를 이겨먹은
곤궁아주머니

───────── ✳ ─────────

삶을 위한 지혜와
교훈이 담긴 이야기

신동흔 지음

Ⓗ

설화, 서사와 스토리텔링의 원형

설화는 먼 옛날부터 전해온 신화와 전설, 민담 등을 아울러서 일컫는 말입니다. 옛이야기라고도 하지요. 설화는 자유롭고 즐거우면서도 담긴 뜻이 깊은 이야기입니다. 그 속에는 기쁨, 슬픔, 사랑, 미움, 두려움, 욕망 같은 자연적 감정은 물론이고 현실을 타개하려는 의지와 미지의 세계에 대한 동경, 신비롭고 환상적인 체험 등 다채로운 서사가 담겨 있습니다.

설화는 모든 문학적 이야기의 원형입니다. 오늘날 다양한 매체를 통해 수많은 이야기가 다양하게 펼쳐지는데, 뿌리를 찾아 올라가면 신화나 전설, 민담 등과 만나게 됩니다. 소재나 줄거리 같은 외적 측면보다 화소(motif)와 구조, 세계관 같은 내적 요소가 더 중요합니다. 요즘 유행하는 판타지 스토리텔링만 하더라도 그 화소와 서사 구조가 설화와 닿아 있는 것들이 많습니다.

설화는 폭이 매우 넓습니다. 무척 현실적인 이야기도 있고, 초월적이며 환상적인 이야기도 있습니다. 사람들의 모든 경험과 상상력이 그 속에 녹아들어 있지요. 그것은 세월의 간극을 넘어서 오늘날의 우리에게도 재미와 감동, 깨우침을 전해줍니다. 웹툰과 웹소설, 드라마와 영화, 애니메이션 등 현대 스토리텔링에서 설화적 요소가 갈수록 확대되는 것은 우연이 아닙니다. 수천 년간 살아서 이어져 온 설화는 앞으로도 오래도록 재미있고 가치 있는 이야기로 우리와 함께할 것입니다.

설화, 청소년을 위한 인생의 나침반

'세계설화를 읽다' 시리즈는 세계 곳곳의 보석 같은 설화를 찾아내고 잘 갈무리해서 양질의 독서물을 제공하고, 나아가 이야기 문화를 되살리려는 의도에서 기획되었습니다. 설화는 오래된 이야기이지만 낡은 이야기가 아닙니다. 설화는 파격적이고 역동적이며 진취적입니다. 그래서 신세대 청소년들과 딱 어울리지요. 넓혀서 말하면, 젊은 사고와 행동력을 가진 모든 사람들과 어울립니다.

　오랜 세월 동안 입에서 입으로 이어져 온 설화는 '인생 교과서'라 할 만합니다. 자신을 돌아보게 하는 이야기, 인간관계를 새롭게 하는 이야기, 시련을 극복하고 거듭나는 이야기, 참다운 용기를 불어넣는 이야기, 불의한 세상과 맞서 정의를 구현하는 이야기……. 그 내용을 따라가다 보면 재미와 감동, 그리고 교훈이 저절로 몸에 스며듭니다. 그리고 상상력과 창의성, 논리적 판단력과 문제 해결 능력이 쑥쑥 자라납니다.

설화는 인생의 나침반인 동시에 마음을 위한 최고의 양식입니다. 그림 형제는 옛이야기를 두고 인류의 삶을 촉촉이 적시는 영원한 샘물과 같다고 했고, '영원히 타당한 형식'이라고도 했지요. 조금도 과장이 아닙니다. 책에 실린 여러 이야기를 만나다 보면 다들 고개를 끄덕일 것입니다. 설화는 아이들만의 것이 아니라 우리 모두의 것이라는 사실을 잊지 마세요.

설화, 이야기판을 되살리는 힘

설화는 생생한 구술 언어로 만날 때 참맛을 느낄 수 있습니다. 하지만 구술성을 오롯이 살려낸 대중용 이야기책은 많지 않습니다. 청소년과 일반인을 위한 세계 설화 모음집은 좀체 찾아볼 수 없어요. 설화가 사람들로부터 소외된 상황인데, 그보다는 사람들이 설화로부터 소외됐다고 말하고 싶습니다.

이 책에서는 세계 설화의 정수를 한데 모아서 젊고 역동적인 스토리텔링의 향연을 펼치고자 했습니다. 국내외 각종 설화 자료집을 미번역 자료까지 두루 살피면서 최고의 이야기를 정성껏 가려 뽑은 뒤, 이를 12명의 개성 넘치는 스토리텔러 목소리로 생생하게 살려냈습니다. 세대 공감 스토리텔링의 텍스트적 구현입니다. 그 중심에 Z세대 청소년을 두었습니다.

12명의 스토리텔러는 이야기 화자인 동시에 청중이며, 각 이야기가 끝난 뒤 소감을 나누는 해설자 구실도 합니다. 이야기의 재미와 가치를 되새기는 특별한 자리입니다. 그 이야기 향연은 독자들이 표현의 주체가 될 때 비로소 완성됩니다. 'Storytelling Time' 부분에 제시한 여러 스토리텔링 활동이 그것입니다. 이는 상상력과 창의성, 논리력, 표현력을 키우는 최고의 활동이 될 것입니다.

'세계설화를 읽다' 시리즈가 'K-스토리텔링'의 새로운 시발점이 되기를 기대합니다. 이 책의 이야기들은 열매인 동시에 씨앗입니다. 그 씨앗이 여기저기서 차락차락 싹을 틔워 수많은 푸른 숲을 이루어내기를 꿈꿉니다. 그럼으로써 우리 사는 세상이 더 맑아지고 풍성해지고 아름다워지기를 소망합니다.

나의 서사적 여정에 변함없이 따뜻한 동반자가 되어주고 있는 가족과 제자와 동료들, 그리고 세상의 모든 설화 화자와 수집자, 편집자, 번역자들께 감사드립니다. 옛이야기를 좋아하는 모든 독자님들, 마음껏 즐겨주세요. 그리고 스토리텔러가 되어주세요.

신동흔

연이 (여/14세/옛이야기를 사랑하는 중학생)

똑똑하고 부지런하며 맡은 일을 야무지게 잘 해내는 모범생.
다정하고 활달하며 주변 사람을 두루 잘 챙길 뿐 아니라
늘 긍정적이고 밝고 씩씩하다. 이름 때문에
<연이와 버들도령> 속 연이의 환생이라는 말을 듣는다.
작가를 꿈꾸는 문학소녀로 모든 종류의 이야기를 좋아하며,
설화에 담긴 뜻을 풀이하는 일에도 관심이 많다.

퉁이 (남/16세/운동과 게임과 이야기를 좋아하는 고등학생)

낯설고 신기한 것에 관심이 많은 행동파.
시골 출신의 전학생으로, 투박하고 무뚝뚝해 보이지만
의외로 세심하며 동생들을 잘 챙긴다.
책이나 문학에 관심이 없었으나 옛이야기의 매력에
빠져들어 설화 마니아가 되었다.
<내 복에 사는 나, 감은장아기> 속의 '막내마퉁이'가
마음에 들어서 퉁이를 부캐로 삼았다.
영웅담과 모험담을 특히 좋아한다.

엄지 (?/11세/비밀이 많은 Z세대 이야기꾼)

나이에 비해 체구가 작은 편이며, '엄지'를 부캐로 삼았다.
엄지동자인지 엄지공주인지는 비밀이다.
다른 이야기꾼들도 엄지가 여자인지 남자인지 알지 못한다.
자타 공인 어린 철학자로 생각이 깊으며,
누구에게도 꿀리지 않는 당당한 성격이다.
언젠가 걸어서 전 세계를 여행하겠다는 계획을 가지고 있다.

이반 (남/24세/사회 진출을 준비 중인 대학생)

일찌감치 군대를 다녀온 복학생. 딴생각하다 엉뚱한 실수를
할 때가 많아서 친구들에게 바보 취급당하기 일쑤다.
설화의 매력에 빠져 스토리텔링의 세계에 발을 들였으며,
그와 관련된 특별한 진로를 탐색 중이다.
얼간이로 취급되다 남다른 활약으로 세상을 놀라게 하는
반전의 주인공 '이반'이 마음에 들어서 부캐로 삼았다.

세라 (여/30세/지성과 미모를 갖춘 엘리트 직장인)

자유롭고 독립적인 삶을 추구한다.
다양한 취미를 즐기다가 옛이야기에 반해서
스토리텔링을 영순위 취미로 삼게 됐다.
전설적인 이야기꾼 세에라자드의 화신을 자처하고 있다.
소수자와 약자의 삶에 관심이 많으며,
정의 구현이 이루어지는 이야기를 선호한다.
설화를 논리적이고 창의적으로 해석하는 데에도 관심이 많다.

달이 (해맑고 귀여운 종달새 소녀)

동화 속에서 날아 나와 사람들과 더불어 사는 존재다.
세상을 자유롭게 날아다니며 보고 들은 이야기들을 들려준다.
초등학교 1학년 여자아이 정도의 지적 수준과 감성을 지니고 있다.
구김 없이 귀여운 여동생 스타일이다.
새나 동물이 등장하는 짧고 재미있는 이야기를 주로 한다.

동이 (못 말리는 꾸러기 당나귀 이야기꾼)

달이와 마찬가지로 동화 속에서 튀어나온 존재로,
슈렉 친구인 동키의 사촌 형뻘 된다.
말투나 행동은 영락없이 아저씨.
남녀노소 모두와 격의 없이 어울리는 장점을 가지고 있다.
재미있는 우화나 소화를 재기발랄하게 이야기한다.

뀨 아재 (남/40세/늘 행복한 귀염둥이 삼촌)

젊은 생각과 감각, 라이프 스타일을 갖춘 신세대 아저씨.
얼리어답터로서 드론과 AI를 전문가 수준으로 다룬다.
미래 트렌드의 중심에 설화가 있다는 믿음 속에
옛이야기를 한껏 즐기고 있다.
확고한 인생철학과 이야기관을 지니고 있으며,
이야기를 재미있게 잘해서 인기가 많다.

로테 이모 (여/48세/아이들을 키우며 옛이야기에 관심을 갖게 된 주부)

자녀 교육에 관심이 많은 전형적인 40대 여성.
설화 구연에 탁월한 능력을 갖추고 있다.
독일과 스페인, 튀르키예 등에서 오래 지내며
많은 이야기를 접했기에 주로 유럽 지역의 민담을 이야기한다.
'로테'라는 이름은 독일의 유명한 이야기 아주머니인
'도로테아 피만'에서 따왔다.

뭉이쌤 (남/57세/30년 넘게 구전설화를 수집하고 연구해 온 옛이야기 박사)

깡촌에서 도깨비불을 보며 자랐다. 신화와 전설, 민담에

넓은 식견과 관심을 가지고 있다. 이야기판에서

인도자 구실을 하는 가운데 설화의 의미 해석을 주도한다.

'뭉이'는 여의주를 여러 개 물고 있는 이무기에서 따온 부캐다.

옛이야기라는 하나의 여의주에 집중해서

승천을 이뤄낸다는 계획을 가지고 있다.

노고할망 (여/??/살아 있는 신화로 통하는 여신)

고조선 이전부터 살아온, 세상 모든 할머니를

대변하는 이야기꾼. 젊은 할머니 같은 외모인데,

더 늙지는 않을 것 같은 느낌이다.

세상사 깊은 이치를 담고 있는 신화들을 주로 이야기한다.

옆에서 가만히 미소를 짓는 것만으로도 안정감을 전해주는,

모두의 큰어머니 같은 존재다.

약손할배 (남/83세/편안하고 푸근한 옆집 할아버지)

어려서부터 옛이야기를 즐겨 듣고 말하며 살아온 정통 이야기꾼.

독서가 취미로, 어른들에게 들은 한국 설화 외에

책으로 접한 다른 나라 이야기들도 많이 알고 있다.

생각이 유연하고 개방적이어서 젊은이들을 잘 이해하고 포용한다.

먼저 나서서 말하기보다 다른 사람들의 이야기를

경청하는 스타일이다.

차례

✳

집중 탐구! 이야기의 비밀 코드

설화의 스토리 체계와 서사 구조

인간의 인지와 스토리 | 설화의 스토리 요소와 체계 | 화소와 순차구조, 대립구조의 관계

이 책의 주제는 '지혜'입니다.

세계 각국의 수많은 설화 가운데 지혜의 본질과 힘을

잘 보여주는 이야기들을 모았습니다.

상투적 교훈을 전해주는 이야기를 배제하고,

창의적 생각이 전하는 파격과 반전이 살아 있는

이야기들을 가려 뽑았어요. 진정한 지혜란 무엇인지,

어떻게 해야 그런 지혜를 발휘할 수 있는지를

다각적으로 보게 될 것입니다.

어리석은 선택으로 삶을 그르친 이야기들도 함께 실어서

반면교사의 깨우침을 얻을 수 있도록 했습니다.

진정한 지혜란 교묘한 기술이 아니라

'삶을 위한 지혜'라야 한다는 것이

이 책의 기본 관점입니다.

stage 01

무엇이
지혜인가

노고할망

옛날이야기가 지혜의 샘물이라는 말 들어본 적 있지? 이제 함께 그 샘물을 길
어보자꾸나. 이 할망이 먼저 샘물 속으로 두레박을 내려볼게. 아마 처음 들어
보는 이야기일 거야.

장미 잎사귀

*

덴마크 민담

옛날 먼 옛날, 고대 최고의 문명 도시 바빌론 최고의회의 한 장면이야. 나라에서 제일 현명하다는 사람들이 빙 둘러앉았지. 그런데 입을 여는 사람은 아무도 없었어. 언어의 샘물이 바짝 말라버린 것 같았단다. 침묵에 무게가 있는 거 아니? 그 무게가 공기를 짓누르고 있었어. 숨들은 쉬고 있나 몰라.

사람들의 눈길은 멍하니 바닥을 향하고 있었단다. 거기서 좋은 도움의 말이 새싹처럼 쑥 돋아나기를 기다리기라도 하는 모양이야. 맨흙도 아닌 대리석 바닥을 바라보면서 말이지. 이게 다 어찌된 일이냐면, 동쪽에서 날아온 양피지 한 장 때문이야. 양피지가 뭔진 알지? 양가죽으로 만든 종이를 양피지라고 해. 거기 쓰인 글자는 딱 한 줄이었단다.

나 압둘 카데르가 바빌론으로 가려고 하니 환대해 주시오.

그 글자들은 마치 살아 있는 것처럼 번득였어. 건드리기라도 하면 손가락이 델 지경이지.

압둘 카데르는 '오리엔트의 빛'과 같은 존재야. 지혜로운 사람들 가운데도 가장 지혜로운 사람이었단다. 그가 바빌론으로 와서 지내겠다고 하니 다들 긴장하는 거지. 수천 명으로 시작된 도시 바빌론은 이미 인구 십만 명을 넘긴 상태였어. 압둘 카데르를 받아들이면 그를 따르는 무리도 따라 들어오려 할 거고, 나중에는 수백 수천 명이 들어오려 할 게 분명하거든. 바빌론에선 감당할 수가 없는 거야.

하지만 압둘 카데르는 최고의 현자잖아? 그를 거지처럼 취급할 수는 없었지. 그가 오는 걸 거절할 방법이 없다는 뜻이야. 그러니 이러지도 저러지도 못하고 다들 바닥만 쳐다보는 중이지. 한숨만 푹푹 쉬면서 말이야. 아, 숨을 못 쉰다고 했었나? 하하.

그때 갑자기 문이 양쪽으로 열리면서 바빌론 최고 원로인 솔레이만이 홀 안으로 들어왔어. 그의 이마에는 긴 세월이 새겨놓은 지혜의 표식이 가득했지. 주름살을 두고서 하는 말이야.

양피지에 쓰인 글을 읽은 현자 솔레이만은 말없이 홀 가운데에 멈춰 섰어. 모든 사람들이 그를 응시했지. 돌바닥에서 돋아난 지혜의 나무를 보는 것처럼 말야. 얼마간 침묵의 시간이 흐르고 나서 늙은 현자의 눈에 한 줄기 빛이 스쳤어. 그는 테이블에 있던 황금 잔을 하나 집어 들고서 입을 열었단다.

"일어나서 나를 따라오시오."

그가 잔을 들고서 홀 밖으로 향하니까 모두들 뒤를 졸졸 따라가지.

솔레이만은 성문 가까이에 있는 분수로 다가가더니 잔에 물을 채웠어. 한 방울도 더 들어가지 못할 정도로 잔을 꽉 채운 늙은 현자는 만족스러운 미소를 지으면서 잔을 들어 올렸지. 말은 필요없었단다.

마침내 압둘 카데르가 성 안으로 들어왔을 때도 말은 한마디도 필요치 않았어. 솔레이만은 물이 가득 찬 황금 성배를 조용히 그에게 내밀었지.

그건 무슨 뜻이었을까? 그래. 이 늙은 현자는 바빌론이 마치 그 잔과 같은 상황이라는 얘기를 한 거란다. 한 방울이라도 더해지면 흘러넘칠 상황이라서 외지인을 받아들일 수 없다는 거지. 단 한 명이라도 말야. 졸지에 압둘 카데르가 도시의 평화를 깨뜨릴 물방울이 돼버린 셈이지.

그러자 동방의 현자는 어떻게 했을까? 압둘 카데르는 조용히 미소를 짓더니 몸을 굽혀서 땅바닥에 있는 장미꽃 잎사귀 하나를 집어 들었단다. 그러고선 그 꽃잎을 조심스레 물잔 위에 올려놓았어. 장미 꽃잎은 가득 찬 물 위에 살포시 내려앉았지.

무슨 말이 필요하겠니? 솔레이만은 고개를 끄덕이면서 압둘 카데르를 향해 두 손을 내밀었어. 바빌론 의회는 동방의 현자를 홀 안으로 인도하는 행진을 시작했단다.

연이	퉁이	엄지	이반	세라	뭉이쌤	노고할망

퉁이 앗, 끝인가요? 뭐지?

연이 뭔가 알 듯 말 듯 알쏭달쏭해요.

뭉이쌤 하하. 조금만 더 생각해 봐.

퉁이 압둘 카데르가 자기는 물방울이 아니라 꽃잎이라고 한 걸까요? 바빌론의 평화를 깰 사람이 아니라는 뜻이겠고요. 물이 넘치지 않았으니까요.

세라 그래그래. 어쩌면 그 이상일지도 몰라. 물에 꽃잎이 떠 있는 모습을 상상해 봐.

연이 꽃잎이 떠 있는 물…… 예쁘겠죠? 아, 압둘 카데르는 자기가 바빌론에 도움이 될 사람이라는 걸 그렇게 표현한 거네요.

엄지 그렇구나! 다들 말없이 행동으로 표현한 게 참 멋져요.

이반 바빌론 의회 사람들도 말없이 압둘 카데르를 홀로 인도하잖아? 그 사람들도 보통은 아니네.

퉁이 할머니, 그 뒤에 어떻게 됐다는 얘기는 없어요?

노고할망 글쎄, 나도 그건 모르겠는걸.

연이 퉁이 오빠, 왜 그래? 이걸로 충분한데 뭘. 이만큼 지혜로운 사람이니 얼마나 아름답게 잘 어울려서 살았겠어.

뭉이쌤 진짜 지혜로운 사람은 파이를 잘 나누는 사람이 아니라 키우는

	사람이지. 압둘 카데르는 바빌론이라는 파이를 더 키우는 역할을 했을 거야.
이반	맞아요. 바빌론에 잘 녹아들었을 것 같아요.
세라	실은 저도 이 비슷한 이야기를 들은 적이 있어요. 제목은 '우유와 설탕'이에요. 옛날에 페르시아에서 밀려난 사람들이 인도로 들어가게 됐는데, 그곳의 왕이 자기네 땅이 꽉 차서 외지인을 받아들일 수 없다는 뜻으로 우유가 가득 든 그릇을 내밀었대요. 그러자 사람들을 이끌고 온 지도자가 그 그릇에 조심스럽게 설탕 가루를 넣었다는 거예요. 설탕 가루는 우유 속에 녹아들었고 우유는 넘치지 않았죠. 그러자 왕이 고개를 끄덕이며 그들을 받아들였대요. 그 뒤로 그들은 서로 함께 어울려서 잘 살았다고 해요. 지금도 인도에 살고 있는 파르시 사람들이 그들이래요.
노고할망	우유에 녹아든 설탕이라, 아주 그럴싸한걸.
연이	맞아요. 설탕이 들어가면 우유가 더 맛있어지니까 딱이네요.
이반	물잔 위의 꽃잎과 우유에 녹아든 설탕, 뭔가 비슷하면서도 느낌이 다르네요.
뭉이쌤	그래. 압둘 카데르는 존재감이 큰 현자니까 장미 꽃잎이 어울리고, 이주민들이 지역에 녹아드는 모습은 설탕이 어울릴 수 있어.
퉁이	압둘 카데르가 꽃잎처럼 움직이는 바빌론에 가보고 싶어요.
연이	나도! 하지만 가볼 수는 없으니 이야기를 하나 해보겠어요.
일동	좋지!

연이

제가 들려드릴 이야기는 몽골에서 전해온 민담이에요. 인간은 지혜의 동물이

라고 하잖아요? 이 이야기를 들으면서 고개를 끄덕였어요.

인간의 지혜

✳

몽골 민담

옛날 옛날에 호랑이가 살고 있었는데 나이가 들어서 죽게 됐어요. 호랑이는 아들에게 얘기했어요.

"얘야, 세상에 여러 동물이 있지만 제일 조심해야 할 건 바로 인간이야. 인간에게는 다가가지 말도록 해라. 절대로."

그게 마지막 유언이에요. 그런데 그 말을 들으니까 아들 호랑이가 오히려 궁금해지는 거예요. 대체 인간이 뭔데 그러나 싶죠. 호랑이는 인간을 한번 만나봐야겠다고 마음먹었어요. 그래서 마을 쪽으로 내려갔어요. 가다 보니까 웬 커다란 동물이 풀을 뜯어 먹고 있었죠.

"안녕? 크고 사납게 생겼네. 네가 인간이야?"

"난 황소야. 인간은 나의 주인이지. 나는 인간을 위해서 일을 해. 밭도 갈고 짐도 나르지."

"아니, 인간이 얼마나 크고 힘이 세길래 너를 부려먹는 거야?"

"인간에게는 지혜가 있거든. 인간의 지혜는 아무도 당할 수가 없어.”

호랑이가 그 말을 듣고 나니까 더 궁금해요. 도대체 지혜라는 게 어떻게 생긴 건가 싶죠. 인간을 만나보고 싶은 마음이 더 커져요.

호랑이는 계속 가다가 낙타를 만났어요. 등에 혹이 불쑥 솟은 게 신기하게 생겼어요. 짐을 잔뜩 짊어진 걸 보니까 힘도 아주 세죠.

“네가 인간이구나. 맞지?”

“아니, 나는 낙타야. 인간의 짐을 나르면서 살고 있지.”

“인간이 도대체 어떤 존재길래 너를 부려먹는단 말이야? 한번 만나봐야겠어.”

“그만둬. 인간은 못 이겨. 그들에게는 지혜가 있거든.”

그 말을 들으니까 호랑이가 더 궁금해요. 지혜라는 게 도대체 뭐길래 그렇게 힘이 센지 이해가 안 되는 거예요.

호랑이는 계속 가다가 산에서 나무를 하고 있는 사람을 만났어요. 보니까 작고 보잘것없게 생긴 동물이에요.

“이봐! 내가 인간을 찾고 있는 중인데, 못 봤냐?”

“그래? 내가 인간인데.”

호랑이가 그 말을 들으니까 참 이상해요. 딱 봐도 작고 힘이 없어 보이는데, 자기보다 훨씬 큰 황소나 낙타를 부려먹는 게 어찌 된 일인가 싶죠. 도대체 지혜라는 게 뭔지 궁금해서 못 참겠어요.

“네가 정말 인간이야? 인간에게는 지혜가 있다며? 뭔지 한번 보여줘.”

그러자 나무꾼이 호랑이를 쳐다보면서 말했어요.

"아, 지혜가 보고 싶은 거야? 그거 귀한 거라서 안 가지고 다녀. 집에다 두고 왔지."

"그래? 그럼 가서 보면 되지 뭐. 내가 따라갈 테니 앞장서."

"그러든가! 근데 마을에 가면 인간들이 숨겨둔 지혜가 잔뜩인데 감당할 수 있겠어?"

그 말을 들으니까 호랑이가 멈칫해요.

"그럼 내가 여기서 기다리지 뭐. 무서워서 그러는 건 아니고 귀찮아서."

그러자 나무꾼이 눈을 흘기면서,

"잠깐! 내가 지혜를 가져오는 사이에 슬쩍 도망치려는 거 아냐? 맞지?"

그러자 호랑이가 짜증을 내면서 말했어요.

"걱정 마! 그딴 지혜가 뭐 별거라고."

"아냐, 확실한 게 좋지. 잠깐 이 나무에 묶여 있으면 내가 얼른 가서 가져올게."

"아, 그러든가!"

나무꾼은 나무를 묶으려고 가져갔던 밧줄로 호랑이를 나무에 꽁꽁 묶었어요. 그러더니 주머니 속에서 뭘 꺼내요.

"오, 집에 갈 필요 없네! 지혜가 여기 들어 있었어. 하하."

나무꾼이 꺼낸 건 불을 피우는 부싯돌이었어요. 그는 마른 나뭇가지들을 모아서 불을 피운 다음 호랑이가 묶여 있는 나무에 불을 옮겨붙였어요. 나무는 활활 타오르기 시작했죠.

"몰랐지? 이게 바로 지혜라는 거야. 하하."

그러면서 나무꾼은 유유히 사라졌답니다.

호랑이는 어찌 됐냐고요? 타 죽지는 않았어요. 밧줄이 불에 타서 끊어질 때 겨우 풀려났죠. 하지만 몸 여기저기가 불에 잔뜩 그슬린 상태였어요. 이때부터 호랑이는 몸이 얼룩덜룩해지게 됐다고 해요.

이야기에 대한 이야기

연이	퉁이
엄지	이반
세라	뭉이쌤

퉁이 　재미있다. 지혜가 뭔지를 잘 보여주는 이야기네.

이반 　맞아. 지적인 힘이야말로 진짜로 큰 힘이지.

엄지 　늙은 호랑이가 남긴 유언이 신기해요. 정말로 호랑이와 사자 같은 동물이 사람을 무서워할까요?

세라 　그렇지 않을까? 동물들도 생각이 전혀 없지는 않을 테니까 말야.

뭉이쌤 　맞아요. 동물들도 경험적으로 알고 있을 거예요. 사람은 지혜가 있을 뿐 아니라 특별한 도구를 쓴다는 사실도. 예를 들면 총이나 활 같은.

퉁이 　근데요, 사람을 무서워하지 않는 동물도 있어요. 뭐냐면 바로 모기! 덤벼들어서 피를 빨아 먹잖아요? 하하.

뭉이쌤 　사실 모기의 유래에 대한 옛이야기도 있단다. 나중에 기회 되면 해줄게.

퉁이 　오, 기대할게요.

세라 　그럼, 다음 이야기는 내가 해볼게. 이슬람 현자에 대한 설화야. 이름이 나스레딘인데 특이한 사람이지. 재미있는 일화들이 많은데, 몇 개 골라서 이야기해 볼게.

연이 　좋아요!

나스레딘의 지혜

*

이슬람 민담

나스레딘에게는 아들이 있었는데 그리 잘생기지 않았었나 봐. 애가 외모 콤플렉스가 심했지 뭐니. 사람들이 흉을 볼까 봐 밖으로 나가지를 않으려고 하는 거야. 그러자 아버지가 나섰어.

"애야, 오늘은 나하고 함께 시장에 가자꾸나."

나스레딘은 당나귀를 타고 시장으로 향했어. 자기는 당나귀에 타고 아들은 걷게 했지. 사람들이 그 모습을 보더니 흉을 보지 뭐니.

"저 사람 좀 봐. 자기는 편히 가면서 불쌍한 아들을 걷게 하다니, 어찌 저럴 수 있담!"

다음 날, 나스레딘은 다시 아들을 데리고 나섰어. 이번에는 아들을 당나귀에 태우고 자기는 걸어서 갔지. 사람들이 보더니,

"자기는 편히 가면서 어른을 걷게 만들다니. 말세야, 말세!"

그 말을 들으니까 아들이 얼굴이 화끈거리지.

그런데 그다음 날, 나스레딘은 다시 아들을 데리고 나선 거야. 이번에는 둘이 당나귀를 끌고서 길을 갔어.

"멍청한 사람들 같으니라고! 멀쩡한 당나귀를 두고 왜 힘들게 걸어서 간담?"

그다음 날은 어떻게 했을까? 나스레딘은 아들과 함께 당나귀를 타고 갔어. 사람들이 그 모습을 보더니 또 뭐라고 하지.

"아이고, 당나귀에 둘이나 올라타다니! 짐승이 불쌍하지도 않은가 봐."

아버지가 시킨 대로 했다가 매번 욕을 들으니까 아들은 얼굴이 벌게졌어. 그때 나스레딘이 뭐라냐면,

"애야, 어떠냐? 네가 무슨 일을 하든 사람들은 늘 트집을 잡고 험담을 할 거다. 다른 사람들이 하는 말은 신경 쓸 것이 못 돼."

아들은 비로소 아버지의 깊은 뜻을 깨닫고서 고개를 끄덕였대.

또 다른 이야기야.

어느 날, 나스레딘이 집에 돌아왔는데 나무에 묶어뒀던 당나귀가 안 보이지 뭐니. 누군가가 훔쳐 간 거야. 나스레딘은 높은 곳에 올라가서 심각한 표정으로 소리쳤어.

"내 당나귀를 당장 돌려주지 않으면 우리 아버지가 당나귀를 잃어버렸을 때 하셨던 것처럼 할 거요!"

사람들 가운데 나스레딘의 아버지가 어떻게 했는지 아는 사람은 아무도 없었어.

"도대체 어떻게 했던 거지? 얼마나 끔찍한 일이었던 거야?"

"궁금해 미치겠는걸!"

이야기는 금세 쫙 퍼져서 도둑들의 귀에까지 들어갔어. 도둑들은 한편으로 무섭고 한편으로 궁금해서 가만있을 수가 없었지. 그들은 결국 훔쳤던 당나귀를 끌고 나스레딘을 찾아갔어.

"당신 당나귀예요. 훔쳐 간 게 아니고 잠깐 장난쳤던 겁니다."

나스레딘은 말없이 당나귀를 받아서 휙 돌아섰어. 그때 한 사람이 용기를 내서 말했지.

"잠깐만요! 당신 아버지는 당나귀를 도둑맞았을 때 도대체 어떻게 한 겁니까?"

그러자 나스레딘이 뭐라고 하냐면,

"어쩌긴 어쩌셨겠어? 새 당나귀를 사셨지."

또 다른 일화야.

나스레딘의 친구들인 무스타파와 알리 사이에 다툼이 생겼어. 알리가 짐 나르는 걸 도와주면서 대가가 뭐냐고 하니까 무스타파가 '아무것도'라고 대답했거든. 일을 마친 알리가 약속한 대로 '아무것도'를 달라고 하는 바람에 시비가 붙은 거야. 아무리 해도 결판이 나지 않자 두 사람은 해결사로 나스레딘을 불렀어. 나스레딘이 바닥에 놓여 있는 무스타파의 책을 가리키면서 말했지.

"알리, 이 책을 들어보게나."

알리가 책을 집어 드니까 나스레딘이 책이 놓였던 곳을 가리키면서 말했어.

"이보게들, 여기 뭐가 있지?"

나스레딘이 가리킨 곳은 빈 바닥이야. 두 사람이 동시에 말했지.

"아무것도."

"됐네. 그 '아무것도'를 가져가면 돼."

알리는 미소를 지으면서 책을 챙겼어. 무스타파도 그냥 웃을 수밖에 없었지.

이제 네 번째 맞지?

여행자 하나가 나스레딘에 대한 소문을 듣고서 찾아왔어. 지혜를 한번 겨뤄보려고 온 거야. 그는 사람들이 보는 앞에서 불이 붙은 숯을 물에 집어 던졌어. '푸시시' 소리가 나면서 불이 꺼지지.

"방금 '푸시시' 소리는 숯에서 난 겁니까, 물에서 난 겁니까?"

여행자가 이렇게 물으니까 다들 나스레딘의 입을 바라보지. 뭐라고 대답할지 궁금하잖아. 근데 나스레딘이 말없이 여행자에게 다가가더니 뺨을 찰싹 때리지 뭐니.

"지금 난 '찰싹' 소리는 내 손에서 난 겁니까, 당신 뺨에서 난 겁니까?"

여행자는 뺨을 맞고도 아무 말을 할 수가 없었단다.

다음, 다섯 번째.

어느 날, 나스레딘이 강가를 지나는데 사람들이 잔뜩 모여 있는 거야. 누군가가 물에 빠져서 허우적대는데, 나스레딘이 보니까 아는 사람이야. 사람들이 그를 건지려고 손을 내밀면서 소리쳤어.

"빨리 당신 손을 이리 줘요! 손을 이리 내요!"

그런데 그는 물을 먹으면서도 손을 주려고 하지 않는 거야. 그러다간 죽게 생겼어. 그때 나스레딘이 사람들에게 말했지.

"내가 저 사람을 알아요. 워낙 인색해서 아무것도 주려고 하지 않는 사람이죠."

그러더니 나스레딘은 강가로 다가가서 그 사람에게 손을 내밀면서 말했단다.

"이보게! 여기 이 손을 가지게나."

그러자 그 사람은 나스레딘의 손을 턱 잡더래. 그래서 죽지 않고 살아났다지.

재미있니? 그럼 하나 더 할게.

이곳저곳을 여행하던 나스레딘은 한 마을에 도착했어. 사람들은 현자에게 멋진 말을 듣기를 기대했지. 회당에 잔뜩 모여들어서 나스레딘에게 뭔가 교훈이 될 만한 얘기를 해달라고 했어. 그들은 나스레딘이 이런 형식적인 걸 싫어한다는 사실을 몰랐지. 나스레딘이 말했어.

"내가 무엇에 대해 얘기할지 아시오?"

그러자 사람들은 한목소리로 대답했어.

"아니요!"

"그래요? 당신들은 내 얘기를 들을 자격이 없군요."

사람들은 그만 허탕을 쳤지. 그들은 다음 날 다시 회당에 모여서 나스레딘을 청했어.

"내가 무엇에 대해 얘기할지 아시오?"

그러자 사람들은 입을 모아서 대답했어.

"예!"

"그렇다면 내가 굳이 그 얘기를 할 필요가 없겠군요."

그래서 사람들은 얘기를 듣는 데 또 실패했지. 그들은 다음 날 다시 모여서 나스레딘을 청했어.

"내가 무엇에 대해 얘기할지 아시오?"

그러자 한쪽에서는 '아니오!', 한쪽에서는 '네!' 하는 대답 소리가 울려퍼졌어. 사람들이 미리 그렇게 하기로 계획을 짰던 거야. 그러자 나스레딘이 뭐라고 하냐면,

"그럼 아는 사람이 모르는 사람에게 얘기해 주시구려."

그러고서는 유유히 그 자리를 떠났다지 뭐니.

이제 마지막이야.

어느 날, 나스레딘은 자기 집에 사람들을 불러모아서 큰 잔치를 벌였어. 나라에 소문날 정도로 요란한 잔치야. 왕이 그 소문을 듣고 나스레딘을 불러들여서 물었어.

"나스레딘, 어디서 돈이 나서 그런 잔치를 벌인 거냐?"

"제가 내기를 좀 하거든요. 내기를 하면 지는 일이 없어요."

"진짜로? 어떤 내기를 하는데?"

"아무것이든 다 하죠."

"그럼 나하고 금화 열 닢을 걸고 내기를 해보겠느냐?"

"좋습니다."

"어떤 내기를 할지 말해봐라."

"내일 아침에 임금님이 잠에서 깨어나면 오른쪽 엉덩이에 커다란 사마귀가 돋아 있을 거라는 데 열 닢을 걸겠습니다."

왕이 생각하니까 하룻밤 사이에 사마귀가 돋아난다는 게 말이 안 되지. 왕은 내기를 받아들였어. 그래서 다음 날 어떻게 됐을까? 아침에 왕이 나스레딘을 불러들이더니,

"네가 졌다! 사마귀 같은 건 없거든."

"한번 확인해 볼 수 있겠죠?"

왕은 바지를 내려서 엉덩이를 보여줬어. 엉덩이는 멀쩡했지.

"어떠냐? 네가 졌지? 하하."

그러자 나스레딘이 말했어.

"아뇨, 제가 내기에서 또 이겼습니다."

"그건 무슨 억지야?"

그러자 나스레딘은 주위를 돌아보면서 소리쳤어.

"대신님들, 이제 나오시오. 임금님이 친히 엉덩이를 보여주시는 거 다들 봤죠. 금화 백 닢입니다!"

나스레딘은 그렇게 왕을 이용해서 내기에서 이겨먹었어. 그 돈을 가지고 더 큰 잔치를 벌였다지 뭐니. 하여튼 재미있는 사람이야.

연이   통이   엄지   이반   세라   뭉이쌤

통이　　　나스레딘 최고다. 진짜 재미있게 사네!

연이　　　정말 지혜로운 사람 같아. 생각이 무척 창의적이야.

이반　　　처음 당나귀 이야기는 어리석은 아버지와 아들에 대한 우화인 줄 알았는데 반전이었어.

연이　　　나는 '아무것도' 얘기가 재미있었어. 발상이 참 특이해.

통이　　　나는 여행자 뺨을 찰싹 때린 거. 감히 현자의 지혜를 시험하려 들었으니 맞아도 싸지! 하하.

엄지　　　근데 나스레딘에게 뭔가를 배우고자 했던 마을 사람들은 허무했을 것 같아요.

뭉이쌤　　글쎄, 나스레딘은 그런 식으로 뭔가를 얘기해 준 것 아닐까?

엄지　　　아, 그런가요? 맞아요. 마을 사람들이 뭔가를 깨달았을 수 있겠어요. 신기하다.

세라　　　나스레딘이 말보다 몸으로 움직이는 사람이라는 게 인상적이었어. 자존감이 크기 때문이겠지? 임금 앞에서도 조금도 주눅 들지 않잖아?

이반　　　맞아요. 몸으로 육화된 지혜가 진짜 지혜 같아요. 배워야겠어요.

통이　　　흠, 이제 나도 얘기할 차례가 된 것 같은 느낌!

이반　　　좋지! 몸이 먼저 움직이는 행동파 통이, 응원합니다요. 하하.

제가 나스레딘 이야기를 듣다가 한 가지 지혜담이 떠올랐어요. 주인공은 중국 사람이에요. 이름은 사마광입니다. 실화처럼 전해지는 이야기니까 전설로 보면 될 것 같아요. 중국에서는 아주 유명한 이야기래요. 들어보셨을지도 몰라요.

사마광과 물항아리

중국 전설

옛날, 중국의 어느 마을에서 아이들이 놀고 있었어요. 아이들은 본래 짓궂잖아요? 애들도 마찬가지예요. 숨바꼭질을 한다, 술래 잡기를 한다, 이리 뛰고 저리 올라가고 야단이었죠. 그런데 그때 사건이 터진 거예요. 한 아이가 높은 데를 올라가다가 미끄러져서 물항아리에 쑥 빠져버렸어요.

그게 아주 커다란 항아리인데 물이 꽉 차 있었어요. 얼마나 크냐면 아이들 키 두 배도 넘었습니다. 거기 물이 꽉 차 있으니까 얼마나 무겁겠어요? 아이들이 놀라서 흔들어봤지만 꼼짝도 안 했어요. 항아리가 표면이 미끄럽고 입구가 좁잖아요? 물속에 빠진 애가 나오려고 해도 나오질 못해요. 아이들이 손을 뻗어 잡으려 해봤지만 소용없었죠. 잘못하면 다른 아이까지 끌려 들어갈 상황이에요.

아이들은 아주 야단이 났어요. 놀라서 울고 소리치고 발을 동동 구르죠. 어떤 아이는 어른을 부른다면서 달려갔어요. 하지만 어른을 찾아서 돌아오면 이미 때는 늦어요. 아이는 벌써 물속에서 숨이 막히고 있으니까요.

그때였어요. 한 아이가 큼직한 돌멩이를 집어 들더니 물항아리를 향해서 쾅 내리쳤어요. 그러자 항아리에 구멍이 나면서 물이 콸콸 흘러나왔습니다. 항아리에 가득 찼던 물은 금방 빠졌어요. 덕분에 항아리에 갇힌 아이는 무사히 살아날 수 있었습니다. 조금만 늦었어도 목숨을 잃을 뻔한 아슬아슬한 상황이었죠.

돌을 들어서 항아리를 깬 아이가 바로 사마광이에요. 사람들은 그 아이가 뒷날 크게 될 거라고 생각했죠. 아니나 다를까, 나중에 사마광은 큰 학자가 되고 정치가가 됐대요.

이야기에 대한 이야기

연이　　퉁이　　엄지　　이반　　세라　　뭉이쌤

엄지　　오, 나는 처음 듣는 이야기야. 사마광 멋지다. 나였다면 그런 생
　　　　각 못 했을 것 같은데.

퉁이　　나도 마찬가지야. 그래서 이 이야기를 처음 만났을 때 마음에 깊
　　　　이 남았어. 사마광이 학자나 정치가로 어떤 일을 했는지 모르지
　　　　만, 그 이름을 평생 안 잊어버릴 거야.

뭉이쌤　그래. 나도 사마광이라는 사람을 이 일화 때문에 기억하고 있단
　　　　다. 그게 이야기의 힘이지.

세라　　사마광은 단지 항아리를 깬 게 아니라 생각의 틀을 깬 것 같아요.
　　　　창조적 사고가 뭔지를 잘 보여주는 일화예요.

뭉이쌤　맞아요. 그런 창조적 사고의 바탕에는 상상력이 있지요. 나스레
　　　　딘의 일화들도 마찬가지고요.

이반　　틀을 깨는 상상력, 참 좋은 말 같아요. 지금 나는 어떤 틀을 깨야
　　　　할지 생각하게 만드네요.

연이　　쌤, 설명만 하지 말고 이야기 하나 해주세요.

퉁이　　오, 틀을 깨는 연이 낭자의 말씀. 쌤, 부탁합니다! 하하.

뭉이쌤　여기서 사양하면 판이 깨지겠지? 알겠어.

뭉이쌤

우리나라에서 구전돼 온 민담을 하나 들려줄게. 우리나라 설화 가운데는 지혜담이 무척 많은데, 그 중에도 내 마음에 쏙 들었던 이야기야. 아마 이 이야기에서도 틀을 깨는 상상력과 만날 수 있을 거야.

지혜로운 며느리

한국 민담

옛날, 한 마을에 양반 형제가 살고 있었어. 대대로 벼슬을 해왔던 뼈대 있는 가문이야. 그런데 형하고 동생의 신세가 완전히 엇갈렸지 뭐냐. 형은 벼슬을 하면서 부자로 잘사는데, 동생은 벼슬이 끊기고 땅도 없어서 살기가 어려웠지. 형네 집에서 조금씩 도와줬지만 그걸로는 영 부족해. 동생 집 식구가 부부와 아들딸에 남녀 하인까지 총 여섯 명이거든. 여섯 식구가 하루 세 끼씩 먹고 살기가 아주 어려웠단다.

그나마 한 가지 희망은 아들이야. 아들이 무척 똑똑했거든. 걔가 과거에 급제하면 살길이 트일 수 있어. 하지만 그게 언제쯤 가능할지는 아무도 모르지. 지금 당장 먹을 걸 해결해야 하는 상황이야. 글공부를 하려고 해도 뭘 먹어야 되잖아? 게다가 아들이 결혼할 때가 다 됐으니 그 또한 걱정이지.

"살림을 잘 챙길 만한 야무진 며느리를 얻어야 할 텐데……."

어떻게 해야 좋은 며느리를 들일 수 있을까 고민하던 부부는 한 가지 아이디어를 냈어. 공개적으로 시험을 봐서 며느리를 고르기로 한 거야. 부족한 곡식으로 어떻게 알뜰하게 살림을 꾸릴 수 있는가 하는 게 시험이야. 그들은 사방에 떡하니 공고문을 내걸었지.

쌀 석 되를 가지고 일곱 식구의 한 달 살림을 꾸려나갈 수 있는 처녀가 있으면 며느리로 삼겠소. 신분이나 집안을 따지지 않을 테니 자유롭게 도전하시오.

공고가 붙으니까 딸 가진 부모들이 관심을 나타내. 그 집이 살림은 넉넉치 않지만 뼈대 있는 양반집이잖아? 신랑감도 훌륭하고 말이야. 평민 집안 처녀들로서는 이게 해볼 만한 도전이거든. 아, 왜 여섯이 아니고 일곱이냐고? 본인도 먹어야 하니까 일곱이지. 하하.

한 처녀가 먼저 도전했어. 하지만 쌀 석 되를 가지고 일곱 식구가 한 달을 먹는 건 아주 어려운 일이야. 아낀다고 아껴봤지만 한 달은커녕 닷새 만에 쌀이 바닥나서 퇴짜를 맞았단다. 이어서 또 다른 처녀가 도전했어. 그 처녀는 쌀을 한껏 불려서 물죽을 쒀서 상에 올렸지. 하지만 일주일을 넘기지 못했어. 식구들 불평만 잔뜩 들었지. 그다음도 또 다음도 마찬가지야. 한 처녀가 식구들 불만을 무릅쓰고 나물을 섞어 끓인 죽으로 보름 가까이 버틴 게 고작이었단다. 그게 애초에 불가능한 일이야. 그러다 보니 이제 더 도전하는 사람이 없었지.

그러던 어느 날, 한 처녀가 그 집을 찾아왔어. 늙은 부모를 모시고 살던 평민 집안의 딸이야. 양반 부부는 쌀 석 되를 내줬지만 기대는 하지 않았지. 그런데 이 처녀가 좀 이상한 거야. 한 끼에 거진 쌀 한 되를 내다 씻더니 제대로 된 쌀밥을 지어가지고 한 사발씩 듬뿍 담아가지고 내오지 뭐냐.

"어허, 그렇게 해가지고 며칠이나 버티려고? 아껴도 모자랄 텐데……."

"걱정 말고 실컷 드셔요. 잘 먹어야 무엇을 하든 하지 않겠습니까?"

차려주니까 맛있게 먹기는 했지만 기가 막힐 일이지 뭐냐. 괜히 아까운 쌀만 축내게 됐으니 그럴 수밖에. 그런데 이 처녀가 그다음 끼니도, 또 다음 끼니도 쌀을 듬뿍 꺼내서 상을 차리는 거야. 이건 뭐 단 하루 만에 쌀이 바닥날 지경이 됐지.

이제 다음 날이면 양반 부부가 그 처녀를 쫓아낼 판이야. 그때 처녀가 여종을 불러서 말했단다.

"지금 우리 부모님께 찾아가서 동네 바느질감을 모아달라고 해서 가지고 와요."

여종이 오랜만에 배불리 먹었잖아? 부탁을 안 들을 이유가 없지. 여종은 처녀의 어머니를 찾아가서 바느질감을 싸 들고 왔어. 그러자 처녀는 밤새 열심히 바느질을 해서 일을 마쳤단다. 다음 날 다시 여종을 부르더니,

"이걸 집에 갖다주고 품삯을 받아 와요. 그리고 바느질감을 더 챙겨다 줘요."

여종은 처녀의 집으로 가서 바느질삯과 함께 새로운 일감을 한 아름 싸 들고 돌아왔어. 처녀는 바느질삯으로 받은 돈을 가지고 쌀을 사고 고기도 사고 갖은 반찬을 장만해서 푸짐한 밥상을 차려서 냈단다.

"어이쿠! 이게 웬 상이란 말이냐?"

"제가 장만한 것이니 마음껏 드세요."

그게 그날만이 아니야. 다음 날도, 그다음 날도 처녀는 하루 세 끼 제대로 된 밥상을 착착 챙겨서 올렸단다. 계속 부지런히 일을 해서 품삯을 받고 그 돈으로 양식을 산 거지. 그 내막을 알게 된 양반은 감탄하면서 무릎을 탁 쳤어.

"됐다 됐어! 이제서야 제대로 된 며느릿감을 찾았구나."

굳이 한 달을 채울 것도 없지. 처녀는 일주일 만에 시험에 합격해서 양반 아들하고 결혼식을 올리고 그 집 며느리가 됐단다. 평민 처녀가 보란 듯이 양반집 안주인이 된 거지.

새 며느리는 집안 살림을 야무지게 챙기면서 부지런히 열심히 일을 해서 남편과 시댁 식구를 모셨어. 덕분에 그 집은 먹고사는 걱정이 줄어들었지. 하지만 며느리 혼자 힘으로 그 이상은 쉽지가 않았단다. 그럭저럭 현상 유지는 했지만 집안을 일으키기에는 부족한 거야. 여자는 고민 끝에 남편에게 말했어.

"서방님, 우리가 계속 이렇게 살 수는 없잖아요? 큰댁이 큰 부자인데, 한번 제대로 도와달라고 해봐요. 밑천을 마련해 주면 살림을 일으켜서 두 배로 갚아준다고요."

그러자 남편이 손사래를 치지 뭐냐.

"모르는 소리예요. 그 양반이 얼마나 까탈스러운지 쌀 한 말 얻는 데도 싫은소리를 잔뜩 들어야 해요. 살림 밑천을 마련해 달라고 했다가는 구박만 당하고 쫓겨날 겁니다."

그러자 여자가 고개를 끄덕이더니 이상한 말을 하는 거야.

"그럼 다른 걸 부탁할게요. 어디 가서 큰 구렁이를 하나 산 채로 구해다 주세요."

남편 생각에 갑자기 웬 구렁이인가 싶지. 하지만 그것도 못 하겠다고는 하질 못해. 다음 날, 남편은 하인을 데리고 나가서 커다란 구렁이 한 마리를 잡아서 자루에 넣어 왔단다. 그러자 아내는 헛간에 좋은 자리를 하나 마련해서 구렁이를 모시더니 정화수를 떠다 놓고 빌면서 절을 하는 거야. 누가 봐도 업구렁이를 모시는 모습이지.

마침 그다음 날이 시아버지 생신날이었어. 며느리는 그간 모은 돈으로 좋은 음식을 잘 준비하고서 큰댁 어른들을 모셔 오게 했어. 큰댁 어른이 와보니까 이게 웬일인가 싶지. 맛난 음식이 넘쳐나는 생일잔치라니, 전에 없던 일이었거든.

"이게 다 웬일이야? 이 음식을 어떻게 장만했어?"

"네, 형님! 새아기 덕입니다. 며느리가 들어오고부터 먹을 걱정을 안 해요."

큰댁 어른 생각에 참 별일이다 싶지. 그런데 그때 이상한 광경이 보이지 뭐냐. 동생의 며느리가 헛간에서 촛불을 켜놓고 어딘가

에 절을 하고 있는 거야. 그래서 그 며느리를 불러서 물었어.

"애야, 지금 누구에게 절을 한 거냐?"

그러자 며느리가 잠깐 망설이는 듯하다가 입을 열었단다.

"예, 사실대로 말씀드리지요. 저기 업을 모셔났습니다. 제가 꿈을 꿨는데, 큰댁에 있던 업구렁이가 우리 집으로 왔거든요. 그런데 진짜로 저 구렁이가 우리 집에 들어왔지 뭐예요. 그래서 정성껏 모시고 있는 중이랍니다."

"아니, 뭐라고?"

큰댁 어른은 머리를 한 대 맞은 것처럼 띵해졌어. 그 업(業)이라는 게 집안 재산을 지켜주는 존재거든. 자기 집에 있던 업이 동생 집으로 건너왔다니 이거 큰일이잖아? 자기 집의 복이 동생 집으로 넘어왔다는 얘기니까 말이지. 아닌 게 아니라, 동생네 사는 모양을 보니까 한창 복이 피어나고 있는 중이야.

"저 업은 원래 우리 것이니까 돌려다오."

"네, 알겠습니다. 하지만 스스로 나온 업을 그냥 가져가실 수는 없어요. 이럴 때는 마땅한 값을 내야 한다고 들었습니다."

"오냐, 소중한 신령을 어찌 공짜로 찾아가겠느냐? 내가 논 열 마지기를 떼 주마."

그렇게 해서 동생네는 인색하기로 소문난 형네 집에서 논 열 마지기를 얻게 됐어. 며느리는 집안 식구들을 시켜서 사방으로 큰댁 칭찬을 하고 다니게 했단다.

"형이 논 열 마지기를 뚝 떼서 동생한테 줬다더군!"

동네에 그렇게 소문이 쫙 퍼지니까 큰댁 어른이 어깨가 으쓱해지지. 은혜를 알아주니 기특하다 싶은 거야. 이러다 보니 형제간에도 점점 사이가 좋아지게 됐단다.

옛날에 열 마지기 논이면 꽤 큰 땅이거든. 며느리는 논을 잘 관리해서 하인들과 함께 정성껏 농사를 지었어. 남들보다 부지런히 움직이면서 곱절로 정성을 들이니까 농사가 잘 될 수밖에. 몇 년이 지나지 않아서 그 집은 큰댁에서 받은 열 마지기 말고도 서른 마지기 논을 더 장만했대. 이제 부자 소리를 듣게 된 거야.

어느 날, 며느리는 큰댁 식구들을 청해서 잘 대접하고는 어른에게 말했어.

"제가 큰 죄를 졌습니다. 몇 년 전 업구렁이 이야기는 제가 꾸며 낸 것이었어요. 집안을 일으켜 보려고 어른을 속였으니 어떤 질책이든 달게 받겠습니다. 다행히 이제 저희도 살 만하게 됐으니, 전에 받은 논 열 마지기를 돌려드리려 합니다. 다섯 마지기를 보태서요."

그러자 큰댁 어른이 잠깐 놀라는 듯하더니 이렇게 말했어.

"아니다. 너희가 그 땅의 임자야. 우리도 그사이에 재산이 많이 늘었으니 아까울 것이 없다. 그냥 두거라."

"은혜가 바다와 같습니다."

그러자 큰댁 어른이 껄껄 웃으면서,

"우리 집안에 제대로 복덩이가 들어왔어! 허허허."

"그렇습니다, 형님! 허허허."

그 뒤로 두 집은 더욱 의좋게 지내며 큰 부자로 오래오래 잘 살았단다. 글공부를 하던 아들이 과거에 급제해서 벼슬길에까지 나아가게 돼 가문이 완전히 자리를 잡았지. 그 집에서는 며느리 친정집에도 재산을 충분히 나눠줘서 편안히 잘 지낼 수 있도록 했다고 해. 그게 다 며느리 덕인데 당연하지!

그렇게 그들은 오래오래 행복하게 잘 살았습니다. 끝!

이야기에 대한 이야기

연이   퉁이   엄지   이반   세라   뭉이쌤   동이

세라   쌤이 이야기를 하시니까 이야기판이 무르익는 것 같아요. 이것도 틀을 깨는 일 맞죠?

뭉이쌤   그렇게 말해주는 세라 씨는 이야기 속 며느리와 같은 과로군요. 하하.

연이   흥미로운 반전이었어요. 다들 쌀을 아끼려고 쩔쩔매는데 일을 해서 쌀을 새로 마련할 생각을 하다니 멋져요.

이반   그래. 이 며느리는 생각의 틀을 바꾼 사람이야. 요즘 세상에 태어났으면 큰 사업가가 됐겠어.

세라   맞아. 패러다임을 바꿔서 파이를 키우는 사람. 이런 사람이 세상을 변화시키는 거지.

엄지   구렁이로 속임수를 쓴 게 좀 마음에 걸렸었어요. 하지만 솔직하게 털어놓는 부분에서 마음이 풀렸어요.

퉁이   어느 누구도 화나게 하지 않고 모두를 잘되게 한 점이 놀라워. 재산도 얻어내면서 두 집안을 가깝게 만든 건 정말 짱이야.

연이   그래. 이 정도라면 속임수가 아니라 지혜라고 인정하겠음.

세라   가진 자와 못 가진 자가 서로 어울려 공생하게 했으니 멋진 지혜지.

이반   그 공생에는 평민 가정인 친정집과 집안 하인도 포함되잖아요? 그야말로 범인간적 공생이라고 볼 수 있겠어요.

엄지	그 며느리가 평민으로 힘들게 산 사람이라서 그럴 수 있었던 거겠죠?
연이	오, 그러네! 그래서 집안 하인도 존중해 주나 봐. 하녀에게 존댓말 하는 거, 짱!
뭉이쌤	이야, 다들 이야기를 잘 풀이해 주니까 내 어깨가 으쓱한걸! 큰댁 어른처럼 말이지.
엄지	오, 우리가 다 며느리인 거네요.
퉁이	나는 그 여자의 남편 하겠음.
연이	그러려면 공부 열심히 해야 합니다요. 여자 말 잘 들어야 하고요.
퉁이	네, 마님!
동이	어흠! 뭐가 그리 좋아서 다들 함박웃음인 걸까?
세라	앗, 동이다! 왜긴 왜겠어? 옛이야기가 좋아서지. 이야기 하나 해 줘. 지혜란 무엇인가를 잘 말해주는 이야기로.
동이	오자마자 이야기? 얼마든지!

동이

이 매력덩어리 당나귀님이 아직 사람하고 친해지기 전 먼 옛날의 일이야. 홀로 전 세계를 자유여행으로 떠돌 때 티베트 고원에서 주워들은 이야기지. 내세상살이의 한 변곡점이 된 이야기니까 잘 들어봐.

사람과 개

*

티베트 우화

먼 옛날, 모든 동물들이 다 말을 하던 시절의 일이야. 그때 어떤 개가 혼자 이리저리 들판을 떠돌고 있었지. 그러다 보니까 외로운 거야.

'내가 오래도록 기대면서 함께 살 만한 힘센 친구가 어디 없을까?'

개는 이런 생각을 하면서 길을 가다가 늑대를 만났어. 늑대가 생긴 게 개랑 좀 비슷하잖아? 그러면서도 더 힘이 세고 우락부락해. 그러니까 개가 자연스레 마음이 가지. 때마침 늑대가 다가와서 묻지 뭐야.

"이봐, 너 왜 그렇게 왔다 갔다 서성거리냐?"

"그게 말이지, 내가 친구를 찾고 있거든. 한평생 같이 살 수 있는 친구 말야. 자식들까지 대를 이어서 살면 더 좋고."

그러자 늑대가 개를 한번 쓱 쳐다보더니,

"그래? 그럼 우리 집으로 가자. 나도 친구를 구하던 참이거든."

개는 신이 나서 늑대를 따라 동굴 속으로 들어갔어. 거기서 묵게 됐는데, 밤에 밖을 내다보니까 하늘에 둥근 달이 떠 있는 거야. 개는 무심코 달을 보면서 짖기 시작했지.

"멍! 멍! 멍멍!"

그러자 늑대가 짜증을 내면서 투덜거리는 거야.

"야, 짖지 마! 그 소리를 들으면 승냥이가 와서 우릴 공격한단 말야!"

개는 짖는 게 일이잖아? 구박을 당하니까 마음이 상하지. 게다가 그 말을 듣고 보니까 늑대보다 승냥이가 더 강하지 뭐야. 다음 날, 개는 늑대를 떠나서 승냥이를 찾아갔어. 승냥이도 개를 반갑게 맞이했대. 그 시절에도 개가 인기가 많았나 봐. 뭐, 쫌 귀여우니까. 하하.

밤이 돼서 승냥이가 개하고 함께 나무 밑에서 잠을 자는데 어디선가 이상한 소리가 들려오지 뭐야.

"멍! 멍! 멍멍!"

개가 이렇게 짖으니까 승냥이도 늑대처럼 짜증을 내.

"야, 왜 짖는 거야? 곰이 찾아오면 어떡하려고!"

다음 날, 개는 다시 승냥이를 떠나서 곰을 찾아갔어. 왜냐고? 곰이 더 강한 걸 알았으니까! 곰도 개를 친구로 맞이해 줘서 둘은 함께 바위 옆에서 밤을 보내게 됐지.

"멍! 멍! 멍멍!"

이번엔 왜 짖었냐고? 나도 몰라. 뭐, 개는 짖는 게 일이잖아!

"이봐, 시끄러. 짖지 마! 사람들이 우리를 잡으러 온단 말야!"

개가 생각하니까 거기도 자기가 있을 곳이 아니야. 그렇담 누구를 찾아갈까? 당연히 사람이지. 곰도 무서워하는 존재 말야. 개가 찾아가니까 사람은 반갑게 맞이했어. 밤이 되니까 개는 어떻게 한다?

"멍! 멍! 멍멍!"

이렇게 짖어댔지. 그랬더니 사람이 그 소리를 듣고서 뭐라고 하냐면,

"오, 소리 멋진걸! 네가 그렇게 짖으면 나는 마음 놓고 잘 수 있겠네. 좋아 좋아!"

"내 짖는 소리가 괜찮단 말이죠?"

"그럼, 괜찮고말고! 내키는 대로 마음껏 짖어도 돼."

그 말을 들으니까 어땠겠니? 개는 사람이 정말로 마음에 들었어. 사람하고는 영원히 함께 살아도 후회하지 않을 거라고 생각했지. 그래서 개는 사람 곁에 머물면서 함께 살게 됐단다. 서로 의지하고 지켜주면서 말이지. 개가 사람하고 살게 된 데 이런 역사가 있는 줄은 몰랐지? 이상, 끝! 히히힝!

연이 　통이 　엄지 　이반 　세라 　뭉이쌤 　동이

통이　오, 포효하는 소리 멋지다! 자주 해주삼.

동이　크크크. 바로 그거야. 내가 사람하고 함께 사는 이유.

세라　아까 세상살이의 변곡점이라고 한 게…….

동이　그래그래. 사람은 포용력이 있거든. 칭찬할 줄도 알고 힘들 때 위로할 줄도 알고. 다른 짐승들은 그걸 잘 모른단 말야. 잡아먹으려고 으르렁이지.

연이　그렇구나. 동이 생각에는 그게 인간의 지혜로움인 거야?

동이　그렇지! 사람만큼 수많은 동물들과 널리 어울려 사는 존재는 없잖아? 내 생각에 그건 큰 지혜고 능력이야.

이반　그런 생각은 못 했었는데 새롭다.

엄지　하지만 반려동물이나 가축을 공연히 괴롭히면서 못살게 구는 사람도 많아.

동이　우리는 그런 사람들을 두고 인간의 탈을 쓴 짐승이라고 하지. 하하하.

통이　뭔가 찔린다! 사람다움을 생각하게 하는 얘기였어.

세라　앞으로 동물들을 대할 때 이 이야기가 떠오르겠어. 왠지 더 따뜻하게 대해야 할 것 같은!

뭉이쌤　동물만이 아니죠. 사람을 대하는 것도 마찬가지예요.

세라   오. 그러네요! 이 이야기에 대인관계의 지혜도 담겨 있는 것이었
어요.

동이   알아주니 땡큐! 내가 이래서 사람 곁을 못 떠난다니까. 그런 의미
에서 누구 내 이야기를 멋지게 받아줄 사람?

엄지   내가 하나 해볼게. 멋질지는 모르겠지만.

제가 하려는 이야기는 그림 형제 민담집에 실린 민담이에요. 주인공은 어느 집
하인인데, 조금 특이한 사람이에요. 제목이 '영리한 하인'인데, '영리하다'는
게 잘 맞는 말인지 모르겠어요. 함께 생각해 주시면 좋겠어요.

영리한 하인

*

독일 민담

옛날, 어느 집에 젊은 하인이 있었어요. 이름은 한스예요. 주인의 말을 잘 따르면서도 잘 따르지 않는 사람이에요. 좀 이상하게 들릴지 모르지만 하여튼 그래요.

어느 날, 암소 한 마리가 저녁이 됐는데도 집으로 돌아오질 않았어요. 다음 날, 주인은 잃어버린 소를 찾아보라고 한스를 내보냈죠. 늘 그렇듯이 한스가 일을 제대로 해낼 거라고 믿었어요. 그런데 오후가 되도록 한스가 돌아오질 않는 거예요. 주인은 이상하게 생각하고 직접 들판으로 나갔답니다.

주인은 한참 만에 집에서 멀리 떨어진 들에서 한스를 만났어요. 한스는 이리 뛰었다가 저리 뛰었다가 하면서 부지런히 무얼 찾아서 움직이고 있었죠. 주인이 한스에게 다가가서 물었어요.

"한스! 내가 찾아오라고 한 암소는 찾은 거야?"

그러자 한스가 말했어요.

"아뇨, 암소는 못 찾았어요. 그 대신 다른 좋은 걸 발견했습니다."

"그게 뭔데?"

"지빠귀를 세 마리나 발견했어요!"

"그래? 걔들은 지금 어디 있지?"

"한 마리는 눈으로 보고 있고요, 한 마리는 귀로 소리를 듣고 있어요. 또 한 마리를 지금 쫓고 있는 중입니다. 아주 신기한 녀석들이에요."

그 말에 주인도 한스와 함께 지빠귀에 눈과 귀를 집중하면서 움직일 수밖에 없었답니다. 암소도 암소지만 지빠귀는 지빠귀니까요.

암소는 어떻게 됐냐고요? 찾을 만하면 찾고 못 찾을 상황이면 못 찾았겠죠. 그게 뭐 그리 중요하겠어요. 암소 한 마리 없어진다고 인생이 끝나는 건 아니잖아요?

연이   통이   엄지   이반   세라   뭉이쌤   동이

통이　뭐야 이거? 한스가 지혜로운 사람이라는 거 맞니?

엄지　응. 아주 지혜롭잖아? 인생에서 뭐가 중요한지 아는 사람이니까.

통이　내 생각엔 엉뚱한 사람 같은데.

엄지　나도 처음에는 조금 이상했었어. 근데 이야기 뒤에 그림 형제가 이렇게 써놨더라고. 주인이 뭐라고 명령하든 신경 쓰지 말고 한스처럼 당신 머릿속에 떠오르는 대로, 마음 내키는 대로 행동하라고. 그걸 보고 알았어. 한스가 남의 집 하인이지만 자기 인생의 주인이라는 걸.

세라　내가 직장 생활을 하잖아? 한스처럼 행동하는 게 얼마나 힘든 건지 알아. 이 이야기 마음에 잘 새겨둬야겠다.

연이　근데 할 일을 제쳐놓고 딴짓을 하는 건 좀 그렇지 않아요?

세라　그 말도 맞아. 할 일은 해야지. 하지만 거기 갇히면 곤란해. 자기가 진짜 하고 싶은 일을 찾아서 행하는 게 중요하지. 내가 살아보니까 그런 사람이 뒤에 큰일을 해내더라고.

뭉이쌤　맞아요. 내 생각에도 한스는 주인집이나 세상에 해를 끼치지 않았을 거예요. 저렇게 사는 것만으로도 세상을 더 자유롭게 하고 아름답게 했겠죠.

엄지　제가 이 이야기에서 얻은 깨달음도 그거였어요.

동이	알 듯 말 듯 알쏭달쏭! 하여튼 인간은 신기한 동물이라니까!
이반	하하. 동이야말로 자유인이잖아? 바람처럼 왔다가 바람처럼 사라지고.
동이	앗, 내가 지금 지빠귀를 찾아 떠나려는 걸 어떻게 눈치챘지? 그럼, 안녕!
이반	역시나 자유인! 저도 본받아야겠어요. 지금 제가 하고 싶은 일은 한 편의 멋진 이야기를 들려드리는 일이랍니다.

이반

저는 대륙과 초원의 이야기를 좋아해요. 러시아와 중앙아시아, 시베리아 설화들이 마음에 쏙쏙 들어오더라고요. 제 이름이 이반이 된 것도 그 때문이에요. 이제 카자흐스탄에서 전해온 이야기를 하나 해볼게요. 주인공은 가난하게 살던 소녀입니다.

나무꾼의 딸

*

카자흐스탄 민담

옛날에 한 나무꾼 노인이 아홉 살배기 어린 딸하고 살고 있었어요. 다른 가족은 없었죠. 두 사람은 작은 오두막에서 아주아주 가난하게 살았습니다. 노인은 열심히 나무를 해서 팔았지만 끼니를 때우기가 어려웠어요. 가진 재산이라고는 도끼와 지게, 여윈 말과 당나귀가 전부였습니다.

카자흐스탄에는 이런 말이 있대요.

부자의 행복은 그가 가진 가축에 있고, 빈자의 행복은 자식에게 있다.

이거 멋지지 않나요? 노인의 행복과 희망은 어린 딸에게 있었어요. 밝고 씩씩하게 자라나는 딸을 보면서 시름을 달랠 수 있었죠. 딸이 해맑게 웃는 모습을 보면 힘든 마음이 싹 달아났어요.

그 소녀의 이름은 아이나 크즈였어요. 예쁘고 똑똑하고 공손한 아이였죠. 한번 보면 누구나 사랑하지 않을 수 없을 정도예요. 근처에 널리 소문이 나서 아이나 크즈랑 놀려고 아이들이 찾아왔고, 여러 노인들이 이야기를 나누려고 찾아왔어요.

어느 날, 노인은 산에서 해 온 나무로 만든 장작 다발을 말에 싣고서 시장으로 팔러 나갔어요.

"애야, 다녀올게. 장작을 팔면 선물을 하나 사다 주마."

"고마워요, 아빠. 조심해서 잘 다녀오세요. 식사를 차려놓고 기다릴게요."

노인은 웃으면서 손을 흔들어주고 시장으로 갔어요. 시장 한구석에 말을 세워놓고 장작을 살 사람을 기다렸죠. 시장에는 장작을 파는 나무꾼들이 많아요. 노인의 물건에 관심을 주는 사람은 없었죠. 시간이 많이 흐른 뒤에 비로소 한 사람이 다가왔습니다. 젊은 사람인데 딱 봐도 부자예요. 옷이 아주 화려했죠.

"이보게, 할아범! 그 장작 얼마요?"

"네, 은화 한 닢입니다."

"장작을 있는 그대로 다 넘기는 거죠?"

"그렇습니다."

그러자 젊은 부자는 따로 흥정도 안 하고 은화 한 닢을 노인에게 건네줬어요. 운수 좋은 날이었죠.

"그대로 말을 끌고서 따라와요."

노인은 말을 끌고 부자가 사는 집으로 갔어요. 집에 도착하자 노인은 장작더미를 내리려고 끈을 풀기 시작했습니다. 그러자 젊은 부자가 말했어요.

"지금 뭐 하는 건가요? 그걸 왜 풀죠? 있는 그대로 다 넘긴다고 했잖습니까! 장작을 내리고서 말을 가져가면 계약 위반입니다. 그건 다 내 거예요."

노인이 그 말을 들으니까 너무 황당해서 말문이 막히죠.

"이미 돈까지 다 받았잖소? 어서 빨리 꺼지라고요!"

그건 완전히 억지잖아요? 노인이 말을 달라고 하면서 버티니까 부자가 말했어요.

"좋아요! 그럼 재판정으로 가봅시다!"

그래서 둘은 재판관에게로 가서 판정을 받게 됐어요. 노인은 재판관이 부자와 한통속이라는 걸 미처 몰랐죠. 재판관은 두 사람을 훑어보고 나서 이렇게 판결했어요.

"당신이 있는 그대로 넘기는 데 기꺼이 동의했으니 말을 함께 넘기는 것이 맞다. 끝!"

그러자 젊은 부자가 낄낄거리며 좋아해요. 노인은 서글픈 울음을 터뜨렸습니다. 하지만 내려진 판결을 되돌릴 순 없었어요. 노인은 힘이 다 빠진 채로 어두운 길을 걸어서 집으로 돌아왔습니다.

노인은 딸 앞에서도 저절로 솟아나는 눈물을 그칠 수 없었어요. 이야기를 들은 딸이 계속 좋은 말로 아버지를 위로했지만, 노인의 눈물은 새벽이 될 때까지 멈추지 않았습니다. 노인은 그대로 병들어서 자리에 누워버렸어요. 마음의 병이었죠. 모든 의욕이 다 사라진 거예요.

그때 오두막 곁에는 노인이 전에 해다 놓은 장작 한 더미가 더 있었어요. 집에서 쓰려고 남겨둔 거였죠. 아이나 크즈는 그 장작을 챙겨서 하나 남은 여윈 당나귀에 실었습니다. 그러고서 아버지에게 말했어요.

"아빠, 제가 시장에 나가서 이걸 팔고 올게요. 행운이 저를 보살핀다면 좋은 값을 받을 거예요."

어린 딸이 시장에 나간다니까 노인은 안 된다면서 말렸습니다. 하지만 딸은 마침내 아버지를 설득하는 데 성공했어요. 노인은 걱정 가득한 마음으로 딸을 떠나보냈습니다.

어린 여자아이가 나귀에 장작을 싣고 와서 파니까 다들 무슨 일인가 싶죠. 사람들이 물었어요.

"그 장작 얼마에 파는 거냐?"

"은화 두 닢입니다."

그러니까 다들 고개를 저어요. 은화 반 닢 가치밖에 안 되는 물건이었으니까요. 그때 비단옷을 입은 젊은 부자가 다가와서 물었습니다.

"그 장작 값이 얼마라고?"

"은화 두 닢이요."

"장작을 있는 그대로 다 넘기는 거지?"

"네, 은화를 있는 그대로 다 주신다면요."

"좋다, 내가 사지. 나귀를 끌고 따라와라."

아이나 크즈는 그 사람이 아버지를 고통의 구렁텅이로 밀어 넣은 사람이라는 걸 이미 알아차린 상태였어요. 소녀는 말없이 나귀

를 끌고 부자를 따라서 갔습니다. 집에 도착하자 부자가 말했어요.

"자, 그 나귀를 기둥에 묶어놓고서 돌아가거라. 있는 그대로 넘긴다고 약속한 거 잊지 않았지?"

그러자 소녀는 장작을 실은 나귀를 말없이 기둥에 묶었습니다. 부자가 보니까 일이 너무나 쉽죠. 그때 소녀가 말했어요.

"이제 값을 치러주세요."

부자는 빙긋 웃으면서 은화 두 닢을 내밀었어요. 그러자 아이나 크즈가 말했습니다.

"잠깐만요. 이 돈을 받으려면 칼이 필요하겠어요. 저는 돈을 아저씨 손과 함께 가져갈 겁니다. 있는 그대로 받기로 했으니까요."

생각지도 못한 말에 부자는 깜짝 놀랐어요. 부자가 무슨 소리냐고 했지만 소녀는 조금도 물러서지 않았습니다. 그러자 사람들이 몰려왔고, 둘은 재판정으로 가게 됐어요. 전날의 그 재판관이 판결을 맡게 됐죠. 재판관은 부자 편을 들고 싶었지만 좋은 생각이 떠오르지 않았습니다. 게다가 모인 사람들이 다 소녀 말이 맞다고 떠들지 뭐예요. 결국 재판관은 이렇게 판결했습니다.

"계약은 계약이니 이행해야 합니다. 장작 값으로 은화 두 닢을 지불하고 손 값으로 금화 50냥을 지불하시오."

그렇게 판결이 내려지자 젊은 부자는 어쩔 수 없이 소녀에게 그 돈을 지불할 수밖에 없었습니다. 부자는 분을 참지 못하고 울그락 불그락 야단이 났죠. 그가 소녀에게 말했어요.

"얘야, 네가 꽤나 똑똑한 척하는데, 어림없다! 여기 모인 사람들

앞에서 나하고 내기를 하자. 각자 인생에서 가장 놀라웠던 사건에 대해 이야기를 하고 판정을 받는 거다. 상대방 말을 거짓말이라고 인정하면 지는 거야. 피하지 않겠지? 나는 이 내기에 금화 500냥을 걸겠다. 너는 무엇을 걸겠느냐?"

그러자 아이나 크즈가 말했어요.

"좋아요. 저는 제 목숨을 걸겠습니다. 제가 내기에 지면 어떻게 하셔도 좋아요."

그러자 부자는 만족한 미소를 지었어요. 아이가 부자의 꾀에 그대로 걸려든 거니까요.

"아저씨가 어른이니까 제가 양보할게요. 먼저 하세요."

그러자 부자가 재판관을 한번 쓱 보고 나서 사람들을 향해서 입을 열었습니다.

"어느 날, 내가 주머니에 손을 넣어보니까 밀알이 세 개 있지 않겠소? 얼마나 오래 있었는지 썩어서 냄새가 나더군. 그걸 창밖으로 던졌더니 이게 웬일이야. 다음 날 그게 싹이 터서 자라났는데 어찌나 크고 무성한지, 말 탄 사람들이 그 속에서 길을 잃을 정도였다오. 근데 내 염소 마흔 마리가 밀밭에 들어갔다가 감쪽같이 사라졌지 뭐요. 아무리 찾아도 안 보이는 거야. 가을이 돼서 밀을 다 수확했는데도 염소들은 뼈도 보이지 않았지. 나는 아내에게 수확한 밀로 빵을 하나 만들게 했어. 그 빵을 잘게 잘라서 다 먹었더니만 이게 웬일이야. 입 안에서 염소 우는 소리가 들리지 뭐요. 내가 입을 벌리고 있었더니 염소가 튀어 나오는데, 나오고 나오고 또 나오고…… 마흔 마리가 딱 튀어나온 겁니다. 근데 애들이 얼마나 크냐면 네 살 된 황소만 한 거야. 내가 그 염소들을 팔아서 이렇게 부자가 됐지. 하하하."

그러면서 부자는 사람들을 쓱 돌아봤어요. 다들 기가 막혀서 입을 못 다물죠. 재판관이 말했습니다.

"세상에, 이런 말도 안 되는 거짓말을!"

하지만 아이나 크즈는 눈도 깜짝하지 않았습니다. 치마를 살짝 걷어서 무릎에 있는 흉터를 사람들에게 내보이고서 말했어요.

"이 상처 보이시나요? 어느 날, 길을 가다가 황소만 한 염소 마흔 마리가 몰려오는 바람에 놀라서 피하다가 넘어져서 생긴 상처랍니다. 이제야 그 염소 주인을 찾았군요. 치료비 주실 거죠?"

젊은 부자는 '거짓말!' 소리가 나오는 걸 겨우 참았어요. 그 말을 하면 지는 거니까요. 그는 입을 닫고서 아무 말도 하지 못했습니다. 그러자 아이나 크즈가 이야기를 시작했어요.

"이제 제 순서군요. 저는 지금 오두막에서 늙은 아버지와 단둘이 살고 있지만 사실은 오빠가 있었답니다. 우리는 면화를 재배해서 솜을 팔았어요. 어느 날, 면화를 심었는데 그 줄기가 구름까지 자라났지 뭐예요. 면화의 그림자 끝까지 가려면 말을 타고서 3일 동안 달려야 했어요. 면화를 수확하니까 산더미 같았죠. 우리는 그걸 다듬어 팔아서 낙타 마흔 마리를 샀답니다. 오빠는 귀한 직물을 낙타에 가득 싣고서 서쪽 나라로 팔러 나갔어요. 하지만 오빠는 집을 떠난 지 3년이 돼도 소식이 없었답니다. 그래서 우리는

이렇게 가난해졌죠. 근데 얼마 전에 오빠에 대한 소식을 듣게 됐어요. 턱수염을 기른 사람에게 물건을 뺏기고 살해당했다는 거예요. 그 살인자를 어떻게든 찾으려고 애쓰던 참인데, 하늘이 우리를 도와주시네요. 그 살인자가 제 앞에 있거든요. 아저씨가 입고 계신 그 비단옷이 바로 불행을 당한 우리 오빠의 옷이랍니다. 재판관님 저 살인자를 처벌해 주세요!"

아이나 크즈가 말을 마치자 재판관은 놀라서 자리에서 벌떡 일어났고 젊은 부자는 바닥에 털썩 주저앉았어요. 부자가 할 수 있는 선택은 하나뿐이었습니다.

"이 거짓말쟁이! 금화 500냥 여기 있다. 가지고서 꺼져. 다시는 내 앞에 나타나지 마라."

내기는 그렇게 결판났어요. 모인 사람들이 다들 혀를 내두르거나 고개를 끄덕였죠. 환호하는 사람도 있었어요.

아이나 크즈가 금화 500냥을 가지고 집에 도착했을 때, 어린 딸을 혼자 보내놓고 걱정에 빠져 있던 노인이 어떻게 했을지는 따로 말하지 않아도 되겠죠? 웃다가 울다가 하는 노인에게 아이나 크즈가 한 말을 전하는 것으로 이야기를 마칠게요.

"아빠, 부자가 교활함을 좇을 때 가난한 사람은 지혜를 소중히 기르지요. 그 부자는 대가를 치른 거예요. 우리가 할 일은 하늘이 베풀어주신 은혜를 소중히 여기면서 사람들과 어울려 행복하게 잘 사는 일이에요."

이야기에 대한 이야기

 연이　 퉁이　 엄지　 이반　 세라　 뭉이쌤　 노고할망

세라　이반, 이 이야기 멋지다. 어린아이가 참 대단하네. 존경스러워.

퉁이　우리 엄지를 보는 듯. 지혜도 지혜지만 씩씩하고 당돌한 게 말이지.

엄지　만날 수 있다면 기꺼이 친구 하겠음. 내가 많이 배울 것 같아.

연이　아이나 크즈가 마지막에 한 말이 참 인상적이야. 한마디로 정의 구현이랄까?

이반　그래, 내가 이 이야기를 선택한 이유야. 얘가 그냥 단순히 머리가 좋은 아이가 아니더라고. 당당한 현자 느낌.

뭉이쌤　지혜는 나이와 비례하는 게 아니지. 어린 상대를 만만히 보고 무시한 게 부자의 가장 큰 어리석음이라고 할 만해.

세라　근데 쌤 말씀을 들어보면 연륜이 역시 지혜라는 생각이 들어요.

엄지　저도 옛날이야기 좋아하다 보면 지혜로워지겠죠?

노고할망　물론이지. 엄지와 연이, 퉁이는 내가 보기에 이미 지혜로운 사람들이야. 이반도.

이반　저도요? 감사합니다.

연이　이제 우리가 할 일은 옛이야기를 소중히 여기면서 사람들과 어울려 행복하게 사는 일이에요. 맞죠?

퉁이　옛이야기, 만세!

storytelling time
나도 이야기꾼!

기본 스토리텔링

이번 스테이지에서 만난 이야기 중 가장 마음에 드는 것을 골라서 다음과 같은 단계로 스토리텔링 활동을 해보자.

step 1: 책에 쓰인 그대로 이야기를 소리 내어 읽는다.

step 2: 책에 쓰인 그대로 이야기를 소리 내어 읽되, 가상의 청자에게 말해주듯이 읽는다.

step 3: 청자에게 이야기를 전달하되, 틈틈이 책을 참고한다.

step 4: 청자에게 이야기를 전달하되, 책을 참고하지 않는다.

step 5: 청자에게 이야기를 전달하되, 표현과 내용을 조금씩 자신의 방식대로 바꿔본다.

step 6: 완전히 내 것이 된 이야기를 구연 환경과 청자의 성향에 맞춰 내용과 표현을 자유자재로 조절하며 전달한다.

이야기별 재창작 스토리텔링

다음은 이번 스테이지에서 만난 이야기들에 대한 활동거리이다. 이 중 하나 이상을 골라 스토리텔링 활동을 해보자.

<장미 잎사귀>

① 뒷이야기 만들기: 압둘 카데르가 바빌론에 정착한 뒤 벌어졌을 만한 일을 재미있는 일화 형태로 구성해 보자.

<인간의 지혜>

② 장면 그리기: 호랑이와 나무꾼이 서로 대화를 나눌 때의 모습을 얼굴 표정에 포인트를 둬서 그림으로 그려보자.

<나스레딘의 지혜>

③ 이야기 선택하기: 나스레딘의 여러 일화 가운데 가장 마음에 드는 것을 고르고 그 이유를 말해보자.

④ 이야기 찾아서 구술하기: 책이나 인터넷을 통해 나스레딘의 일화를 더 찾아보고, 그 중 재미있는 것을 골라서 구술해 보자.

<사마광과 물항아리>

⑤ 현실에 적용하기: 사마광이 독을 깬 것과 비슷한 일을 해낸 사례를 오늘날의 일화나 뉴스에서 찾아서 말해보자.

<지혜로운 며느리>

⑥ **시공간 배경 바꾸기:** 며느리를 중소기업 인턴사원이라고 가정하고, 그가 어려운 업무를 맡아서 해결해 가는 과정을 하나의 이야기로 만들어 보자.

<사람과 개>

⑦ **주인공 바꾸기:** 개가 아닌 소를 주인공으로 삼아서 소가 인간과 함께 살게 된 내력을 전하는 이야기를 만들어보자. 단, 인간의 지혜가 살아나도록 한다.

<나무꾼의 딸>

⑧ **뒷이야기 만들기:** 아이나 크즈가 젊은 부자에게 받은 금화 500냥으로 아버지와 함께 어떤 일을 했을지 상상해서 이야기해 보자.

이야기 연계 스토리텔링

1. 일곱 편의 이야기를 종합해서 '지혜란 무엇인가?'라는 질문에 대한 나만의 지혜로운 답을 만들어서 말해보자. '내 생각에 지혜란 ○○이다.'처럼 비유적 명제를 제시하고서 이야기를 풀어나가도록 한다.

2. 〈장미 잎사귀〉의 압둘 카데르, 〈나스레딘의 지혜〉의 나스레딘, 〈영리한 하인〉의 한스, 〈나무꾼의 딸〉의 아이나 크즈. 이 인물들을 한자리에 초청해서 '인생을 행복하게 사는 방법은 무엇인가?'를 주제로 한 가상의 릴레이 강연회를 진행해 보자. 단, 각자가 해당 인물이 되어서 발언하는 방식으로 진행한다.

3. 이 스테이지에 추가로 들어갈 만한 지혜담을 찾아서 구술하는 느낌이 나게끔 이야기를 써보자. '이야기에 대한 이야기'도 구성해 본다.

4. 이 외에 이야기들을 흥미롭게 연계할 수 있는 여러 가지 방법을 찾아보고, 이를 토대로 다양한 스토리텔링 활동을 해보자.

생각의 힘과 반전

연이

연이예요. 이번에는 제가 먼저 이야기를 시작할게요. 생각의 힘을 보여주는

이야기, 그리고 반전이 있는 이야기로요. 들려드릴 이야기는 아프리카에서 전

해온 우화예요. 정확히 어느 나라인지는 모르겠어요. 제가 본 책에서는 그냥

'아프리카 우화'라고만 돼 있었거든요. 정보가 부족한 건 아쉽지만 그래도

기억에 남는 이야기라서 선택했답니다.

어두운 밤의 파수꾼

*

아프리카 우화

옛날, 아프리카 한 마을에 카피아라는 사람이 살았어요. 결혼해서 아이들도 있는 사람이에요. 카피아가 하는 일은 밤을 지키는 파수꾼이었답니다. 남들이 잠들어 있는 동안에 어둠 속에서 수상한 일이 없는지 살피는 거예요. 표범이나 자칼 같은 게 와서 가축을 해치면 안 되니까요. 도둑도 막아야 하고요.

사실 카피아에게는 지켜야 할 가축이나 재산이 없었어요. 부자들에게 고용돼서 그 일을 한 거죠. 매일 밤을 새워야 하니까 아주 어려운 일인데 월급은 많지 않아요. 가족들이 겨우 끼니를 때울 정도였대요.

아프리카 하늘에는 노을이 아주 붉대요. 땅이 붉어서 그런가 봐요. 서쪽 하늘을 가득 채웠던 붉은 노을이 검게 변하면서 어둠이 찾아왔어요. 새들도 잠을 자기 위해서 둥지를 찾아 들어갔죠. 카피아의 일이 시작되는 시간이에요.

마을의 불빛이 꺼지고 사람들이 다 잠들었어요. 깨어 있는 사람

은 카피아 혼자였지요. 혼자 밤을 새우려면 심심할 것 같잖아요? 근데 그렇지가 않아요. 한밤중이 되면 다른 것들이 잔뜩 깨어나서 움직이는 거예요. 모습은 보이지 않는데 소리는 아주 요란해요. 숲과 들판에서 짐승들 우는 소리, 바람이 불면서 나뭇잎과 가지가 흔들리는 소리, 냇물이 흐르다가 돌에 부딪치는 소리, 이런 게 다 또렷하게 들리는 거예요.

그것뿐이 아니에요. 정체불명의 이상한 소리들이 가득해요. 꺄르르 웃는 소리, 으아아악 비명 소리, 흑흑흑 흐느끼는 소리, 이런 소리들이 시시때때로 들리는 거예요. 어떨 때는 한꺼번에 몰아닥치기도 하고요.

"이 요상한 것들이 또 난리를 치는구나!"

귀신인지 도깨비인지 환청인지 알 수가 없어요. 카피아 말대로 그냥 요상한 것들이에요. 근데 애들이 소리만 내는 게 아니에요. 슬그머니 다가와서 몸을 툭툭 건드리기도 해요. 어떨 때는 머리카락을 잡아당기거나 몸을 꼬집고 할퀴기도 하고요. 심하면 갑자기 뺨을 찰싹 때리기도 해요. 어디서 어떻게 공격할지 모르니까 막을 수도 없죠. 그냥 당하는 거예요. 공격에 당해서 넘어지면 요상한 것들이 꺄르르르르 소리를 내요.

날이 밝고 나서 보면 몸이 성치 않아요. 여기저기 시퍼렇게 멍든 날도 많았대요. 그날도 그랬어요. 밤에 유난히 많이 시달렸는데, 아침에 보니까 온몸이 말이 아니지 뭐예요. 카피아가 멍든 몸을 보면서 지난밤 일을 생각하니까 저절로 웃음이 나와요.

"으하하하하!"

그런데 그 나라 왕이 그 모습을 본 거예요. 왕은 깊은 우울증에 빠져 있었어요. 이리 보고 저리 봐도 웃을 일이 하나도 없었죠. 그런데 허름한 옷을 입고 있는 사람이 호탕하게 웃고 있으니까 신기한 거예요.

"여봐라, 뭐가 즐거워서 혼자 그렇게 웃는 것이냐?"

그러자 밤의 파수꾼이 말했어요.

"제 말을 듣고서 미쳤다고 안 하신다면 말씀드리죠."

"그래, 약속하마."

"그게 말이죠…… 제가 어두운 밤을 지키는 파수꾼이거든요. 남들은 혼자서 외롭고 힘들 거라고들 생각해요. 그런데 그거 아세요? 사실은 혼자가 아니랍니다. 진짜 요상한 것들하고 함께 시간을 보내죠. 다른 사람들은 절대 만날 수 없는 것들이에요. 죽은 자들이 와서 모험담을 들려주기도 하고, 춤과 웃음의 정령이 찾아와서 함께 놀기도 해요. 그때 기분이 어떨지 모르실 거예요. 제가 이렇게 웃는 이유랍니다."

그 말을 들으니까 왕이 아주 이상하면서도 궁금해요. 그게 그리 즐거운 일인가 싶죠. 왕은 그날 밤에 카피아를 대신해서 밤의 파수꾼 노릇을 하기로 했답니다. 혼자 깜깜한 어둠 속에서 밤을 새우게 된 거예요. 그 파수꾼이 곁에 다른 사람이 있으면 안 된다고 했거든요. 왕이 그 말을 들어준 덕분에 카피아는 밤에 푹 잘 수 있었죠. 아주 오랜만의 일이에요.

마을에 불빛이 꺼지고 세상이 온통 깜깜해졌어요. 왕은 신경이 아주 예민해졌죠. 뭔가 이상한 그림자들이 움직이는 게 느껴졌어요. 음산한 기운이 왕의 몸을 감쌌죠. 왕은 숨이 멎으면서 몸에 소름이 돋아났어요. 그때 뭔가가 쓱 다가오는 기척이 나더니 보이지 않는 손이 왕의 귀를 잡아당겼어요. 다른 손이 볼을 꼬집고, 또 다른 손이 발을 간지럽혔죠. 왕은 너무나 무서운데 웃음을 참을 수 없었어요. 자기도 모르게 미친 사람처럼 깔깔대면서 웃었답니다. 그러자 요상한 것들이 동시에 꺄르르르 웃더니 왕을 휙 밀쳤어요. 왕은 쿵 엉덩방아를 찧었죠. 몸을 일으키려고 하는데 누가 머리통을 퍽 때리는 바람에 완전히 자빠졌어요.

그런 일이 밤새 계속됐답니다. 요상한 것들하고 싸우느라 정신이 하나도 없었어요. 하나가 겨우 사라지면 두 개가 새로 나타났죠. 왕이 개들하고 계속 씨름을 하는데, 달밤에 체조한다는 말이 딱 맞아요. 누가 봤으면 미친 사람이 혼자 춤춘다고 생각했을 거예요.

마침내 새벽닭이 울고 동쪽 하늘이 밝아왔어요. 요상한 것들은 언제 그랬냐는 듯이 싹 사라졌죠. 잠에서 깬 새들이 둥지에서 날아올라 지저귀기 시작했어요. 드디어 해방이었습니다. 왕이 몸을 살펴보니까 여기저기 긁히고 멍들고 완전 난리예요.

모처럼 푹 자고 일어난 카피아가 왕에게 다가갔어요. 왕은 말없이 그를 노려봤죠.

"임금님, 어떠셨나요?"

그러자 왕은 카피아에게 다가와서 두 팔을 꼭 잡았어요. 그러더니 큰 소리로 웃기 시작했습니다.

"와하하하하하!"

그러자 카피아도 함께 웃기 시작했어요.

"와하하하하하!"

그렇게 한참 동안 함께 웃고 나서 왕이 말했어요.

"카피아, 고맙다! 덕분에 전혀 몰랐던 새로운 세계를 발견했어. 이런 신기한 세상이 있을 줄이야! 우주는 신비롭고 인생은 멋진 것이란 사실을 깨달았다네. 지금 내 눈앞에 있는 세상이 너무나 새롭고 아름다워. 이제 웃으며 살 수 있겠어."

카피아는 자랑스럽게 왕을 바라보면서 고개를 끄덕였어요. 그 뒤로 왕은 웃음과 활기를 되찾고서 나라를 잘 다스렸답니다.

이야기에 대한 이야기

연이　　통이　　이반　　규 아재　　뭉이쌤

통이　와, 이 이야기 좋다. 나 오늘 혼자서 밤을 새울지도 몰라. 이상한 곳에서.

연이　하하. 너무 위험한 데로는 가지 마셔.

통이　멋진 반전이었어. 카피아가 아침에 호탕하게 웃는 것도 그렇지만, 왕의 반응이 예상 밖이야. 나는 왕이 화를 내면서 카피아를 벌주려고 할 줄 알았거든.

이반　나는 왕이 밤새 고생하고 나서 지금 자기 하는 일이 얼마나 편하고 좋은지 깨닫는 전개일 거라고 예상했었지. 내게도 멋진 반전이었어.

규 아재　웃음은 최고의 약이지! 좋아도 웃고 힘들어도 웃고 이상해도 웃고…… 그러면 다 좋아지거든.

연이　규 아재는 요상한 것들이 찾아오면 먼저 꼬집고 간지럽히실 것 같아요.

규 아재　연이가 나를 좀 아는군. 하하하.

이반　근데 쌤, 그 요상한 것들의 정체는 뭘까요? 심리적 현상으로 봐야 할까요?

뭉이쌤　그렇게 볼 수도 있겠지만, 이 이야기에서는 굳이 그게 무엇인지 풀이하기보다는 그대로 두고 싶네. 요상한 것 그대로. 왕의 말마

따나 우주는 신비로운 거니까.

이반   알겠어요. 그냥 요상한 것으로 둘 때 이야기의 재미와 의미가 더

          잘 살아나는 것이었군요.

뭉이쌤   그렇지. 옛날이야기도 요상한 거니까! 와하하하하하!

일동   와하하하하하!

뀨 아재   아, 좋다! 이야기 하나 풀어놓지 않을 수 없는걸.

일동   와! 하하하하하.

뀨 아재

내가 들려줄 이야기는 스페인에서 전해온 민담이야. 보니까 푸에르토리코에

도 비슷한 이야기가 있더라고. 아마 대서양을 건너서 넘어갔나 봐. 이야기가

요상한 거라서 먼 길도 금방 잘 가거든. 하지만 다 그런 건 아니야. 조금 요상

한 걸로는 부족하고, 진짜로 요상한 거라야 멀리까지 갈 수 있지. 하하.

곤궁아주머니의 배나무

*

스페인 민담

옛날에 나이 든 아주머니가 살았는데, 이름이 곤궁이야. 그러니까 곤궁아주머니지. 아주 오래전부터 마을 밖 오두막에서 가난하게 산 사람이야. 이름이 곤궁인데 부자일 리 없지! 사실 이 아주머니에게는 아들이 하나 있었어. 이름이 배고픔이야. 근데 함께 살지는 않았어. 어디에서 뭘 하며 지내는지 엄마도 몰랐지. 그냥 어딘가에서 산다는 것만 알 뿐이야.

곤궁아주머니가 가진 재산이 뭐냐면, 자잘한 살림 도구를 빼고 나면 짚으로 만든 침대와 삐걱대는 나무 의자가 전부야. 그나마 침대는 가운데가 푹 꺼졌지. 아, 하나 더 있어. 곤궁아주머니 최고의 재산은 마당 한구석에 서 있는 배나무였단다.

이 배나무가 오래된 큰 나무인데 배가 아주 많이 열렸어. 그리고 맛이 그만이야. 가을에 배를 따서 팔면 그럭저럭 한겨울을 날 정도니까 큰 재산이지. 겨울이 지나고 먹을 게 떨어지면 어떡하냐고? 빌어먹는 수밖에.

근데 이 아주머니에게 골칫덩이가 있었지 뭐냐. 동네 장난꾸러기 아이들이야. 배나무가 아주머니 전 재산이나 마찬가지잖아? 근데 배가 익어갈 때가 되면 아이들이 배를 서리하려고 몰려오는 거라. 아주머니가 늘 나무만 지키고 있을 수는 없잖아? 조금이라도 한눈을 팔면 꼬맹이들이 나무에 쪼르르 올라가서 배를 따가지고 내려와서 도망치는 거야. 곤궁아주머니가 나이로 치면 할머니인데, 아이들 내빼는 걸 붙잡을 수가 없지.

"이놈들! 이놈들!"

이렇게 소리만 칠 뿐이야. 이 녀석들이 들은 척도 안 하지 뭐. 그 녀석들을 붙잡아가지고 엉덩이를 원없이 찰싹찰싹 때려주는 게 곤궁아주머니의 소원이야. 오죽하면 그랬을까.

그러던 어느 날, 이 집에 손님이 찾아왔지 뭐냐. 눈이 내리는 날인데 웬 거지가 힘이 다 빠진 채로 찾아온 거야. 뭐라고 말도 못하고서 물끄러미 바라만 보는데 너무나 불쌍해.

"아이고, 춥겠다! 어서 이리 들어와요."

곤궁아주머니는 거지를 집 안에 들이고서 따뜻한 빵과 수프를 나눠줬어. 그리고 짚 침대를 양보하고서 자기는 그냥 바닥에서 잤단다. 거지의 손발이 언 것처럼 차가웠거든.

다음 날 아침에 아주머니가 일어나서 보니까 거지가 벌써 나갈 채비를 하고 있지 뭐냐.

"잠깐 있어 봐요. 내가 나가서 빵을 좀 구해 올게요."

전날 저녁에 2인분을 먹어서 아침에 먹을 게 없었던 거야. 아주머니가 자기 아침거리를 거지한테 줬던 거지. 그때 아주머니의 말을 들은 거지가 말했어.

"세상에 아직 이런 분이 계셨군요. 나는 하늘에서 온 성자랍니다. 신의 명령을 받고서 세상을 살피러 왔지요. 당신은 신의 은총을 받으실 자격이 있습니다. 무엇이든 원하는 걸 한 가지 말해보세요."

그러자 곤궁아주머니가 뭐라고 대답했을까?

"소원이요? 별로 부족한 거 없는데…… 아하! 누구라도 내 배나무에 올라가면 허락 없이는 내려오지 못하게 해주세요!"

이렇게 말했단다. 그 개구쟁이들 때문에 스트레스가 꽤나 많았나 봐. 하하.

"당신의 소원은 이미 이루어졌습니다."

거지는 이렇게 말하고서 온데간데없이 사라져버렸지. 바람처럼 휘리리릭!

그러고는 봄여름이 가고 가을이 왔어. 배나무에 달린 탐스러운 열매들이 익기 시작했지. 동네 꼬마 녀석들이 그때를 얼마나 기다렸나 몰라. 곤궁아주머니가 잠깐 외출한 틈을 타서 꼬마들은 한꺼번에 쫙 몰려와서 배나무에 올라가기 시작했단다. 원숭이들이 나무타기 경쟁을 하는 것 같아.

애들이 올라가서 열매에 손을 내밀 때까지는 좋았지. 하지만 거기까지야. 몸이 나무에 딱 달라붙어서 움직일 수가 없지 뭐냐. 엉덩이만 씰룩대면서 버둥버둥. 마음대로 움직일 수 있는 건 입뿐이야.

"으악! 이거 뭐야?"

"살려주세요!"

그때 곤궁아주머니가 돌아와서 그 모습을 본 거야. 진짜로 소원이 이루어질 줄은 몰랐지. 보니까 세상에 쌤통도 이런 쌤통이 없어. 곤궁아주머니는 아이들에게 다가가서 엉덩이를 신나게 찰싹찰싹 때려줬단다. 높은 데 있는 애들은 작대기를 가지고 엉덩이를 툭툭 치고 똥꼬를 찌르면서,

"맛 좀 봐라. 똥침이다!"

아이들은 울고불고 야단이 났지.

"잘못했어요. 살려주세요!"

곤궁아주머니는 못 들은 척 집으로 들어가서 음식을 만들어 먹고서 쿨쿨 낮잠까지 자. 그사이에 꼬마 녀석들의 부모들이 와서 나무에 붙은 아이들을 보고 야단법석을 떨었지만 어쩔 순 없었지. 괜히 아빠 하나가 아들을 구한다고 올라갔다가 자기까지 딱 붙어 버렸지 뭐냐.

날이 어두워질 때가 되자 곤궁아주머니는 이만하면 됐다 싶어서 배나무로 다가갔어.

"이제 그만들 내려와라!"

그러자 아이들이 그냥 땅바닥으로 뚝뚝 떨어지는 거야. 나무에서 떨어지려고 잔뜩 힘을 주고 있었으니까 그럴 수밖에. 하지만 몸을 챙길 겨를이 없지. 다들 '걸음아 나 살려라' 하면서 내빼기 바쁜 거라.

그 뒤로 곤궁아주머니에겐 아늑한 평화가 찾아왔어. 감히 배를

훔치려는 사람은 아무도 없었지. 그 나무 별명이 뭐가 됐는지 아니? 귀신 들린 배나무야. 하하. 그게 어찌 된 사연인지는 주인밖에 모르지. 하여튼 그렇게 되고 나니까 배 수확량이 확 늘었어. 그걸 내다 파니까 구걸을 안 해도 그럭저럭 먹고살게 됐지.

"최고야! 아주 살 만해."

그렇게 몇 해가 지나간 어느 날, 곤궁아주머니 집에 낯선 손님이 찾아왔어. 보니까 생긴 게 아주 수상해. 검은 망토를 둘러쓰고 어깨에 기다란 낫을 멨는데, 남자인지 여자인지 분간이 안 되지 뭐냐. 그가 차디차고 음산한 눈빛으로 아주머니를 노려보더니만,

"가자, 곤궁! 이제 떠날 시간이다."

곤궁아주머니가 보니까 그게 바로 저승사자야. 자기를 잡아가려고 온 거지.

"뭐예요? 이제 겨우 편하게 살게 됐는데. 나는 저승에 가기 싫어요!"

그렇게 버텨봤지만 소용없어. 저승사자가 목표물을 놓치는 법은 없었거든.

"소용없다. 순순히 따라오는 게 좋을 거야."

그러자 곤궁아주머니가 체념한 표정을 짓고서 말했어.

"알겠어요. 따라갈게요. 한 가지 부탁이 있어요. 길을 가면서 먹을 수 있게 배를 몇 개만 따주세요."

순순히 따라간다니 저승사자가 기분이 좋지. 얘가 나무에 오르는 건 일도 아니야. 손쉽게 척척 올라가서 열매에 손을 내밀었지.

딱 거기까지야. 저승사자는 배나무에 몸이 딱 달라붙어서 꼼짝할
수가 없었단다. 이리저리 용을 써봤지만 헛일이야.

"이거 뭐냐? 야! 나 좀 내려줘!"

그러자 아주머니가 말했어.

"지금 명령하는 거예요? 좋은 말로 부탁해도 안 될 텐데!"

"아이고 아주머니, 제발 저 좀 내려가게 해주세요."

"싫어요!"

"제발요! 제가 여기 붙어 있으면 세상에 난리가 납니다요."

"그거야 당신 사정이지 뭐."

그러면서 아주머니는 집으로 쏙 들어갔단다. 그러고선 아무 일
도 없었던 것처럼 자기 일을 보는 거라. 그날만이 아니야. 다음 날
도, 그다음 날도 마찬가지지. 장대를 가지고 배를 수확하면서 저
승사자를 바라보고는 메롱!

그 상태로 몇 년이 흘렀단다. 곤궁아주머니에겐 저승사자가 아
예 없는 거나 마찬가지야. 저승사자는 미치고 팔짝 뛸 지경이지.
그리고 세상에는 온통 난리가 났어. 저승사자가 거기 붙어 있으
니까 사람들이 아무도 안 죽게 됐거든. 안 죽으면 좋은 거 아니냐
고? 그럴 리가! 병들어서 몸이 썩어가는 사람이랑 상처로 신음하
는 사람들이 다들 목숨이 붙어 있으니 세상에 그런 고통이 없지.

사람들은 그 원인이 곤궁아주머니 배나무에 있는 걸 알게 됐어.
온갖 사람들이 다 모여들어서 아주머니에게 이제 제발 저승사자
를 풀어주라고 간청을 해. 그러자 체념하고 있던 저승사자도 힘을

내서 입을 열었지.

"아주머니, 이제 제발 내려주세요. 더 이상은 안 돼요!"

그러자 아주머니가 말했어.

"신의 이름으로 한 가지 약속을 하면 내려주지. 내가 당신을 세 번 부르기 전까지는 나하고 내 아들에게 오지 않겠다고. 어때?"

그 말을 들으니까 저승사자가 이제 살았다 싶지.

"알겠습니다. 신의 이름으로 맹세할게요."

그러자 아주머니는 씩 웃으면서 저승사자가 나무에서 내려올 수 있게 했어. 저승사자는 나무에서 뚝 떨어져서 번개처럼 사라졌지.

아, 저승사자가 어디로 갔냐고? 몇 년 동안 못 데려간 사람들을 찾으러 갔지. 밀린 사람이 한둘이 아니잖아? 얘가 밤낮으로 쉴 틈 없이 뛰어다니면서 사람들 이름을 부르고 낫을 휘둘렀대. 제삿날이 같은 사람이 수십 명씩이었다니 말 다 했지. 그동안 파리만 날렸던 장의사들도 아주 난리가 났어. 바빠서 숨이 넘어갈 지경이지. 그때 과로로 죽은 장의사도 있다던데, 사실인지는 나도 몰라. 하하.

그래서 어떻게 됐냐고? 어떻게 되긴 뭘. 아주머니는 저승사자를 부를 생각이 전혀 없었어. 지금까지도 그 오두막에서 배나무와 함께 잘 살고 있대. 가운데가 꺼진 짚 침대에 누워 자면서 말이지.

곤궁아주머니 아들이 배고픔이잖아? 이 세상에서 곤궁과 배고 픔이 사라지지 않는 게 이 때문이란다.

이야기에 대한 이야기

연이　　통이　　이반　　뀨 아재　　로테 이모　　뭉이쌤　　약손할배　　달이

통이　　헉! 마지막 부분은 생각도 못 했어요. 그냥 이름이라고만 생각했거든요.

연이　　저도요. 진짜 반전이다!

뀨 아재　　하하. 그 대목이 없었으면 내가 이 이야기를 안 했을걸.

이반　　반전의 연속이에요. 신에게 하필 그런 소원을 빈 것도 그렇고, 배나무에 저승사자를 매다는 것도 그렇고요. 결정타는 마지막 대목! 이 아주머니 보기보다 영리하네요.

뭉이쌤　　곤궁이 원래 영리하거든. 죽음도 당하지 못할 정도로 말이야.

이반　　곤궁을 얕봤던 꼬맹이들이 호되게 당하는 것도 세상의 이치인 걸까요?

뭉이쌤　　그렇지. 곤궁 앞에선 우리 모두 철없는 아이일 수 있어.

통이　　그렇구나. 저는 그냥 참 못된 아이들이라고만 생각했는데, 뭔가 찔리네요. 곤궁과 배고픔은 저랑 상관없다고 생각했거든요.

연이　　이야기에는 안 나왔지만 곤궁아주머니에게 딸도 있었을지 몰라요. 그 이름은, 외로움!

이반　　오, 그럴싸하다. 연이가 생각의 힘을 제대로 보여주네.

통이　　궁금해요. 곤궁과 배고픔이 이 세상을 떠나는 날이 올까요?

로테 이모　　그냥 더불어 사는 게 답 아닐까? 하하.

약손할배   그 말이 맞아요. 곤궁이 있어야 풍요도 있고, 배고픔이 있어야 배
부름도 있는 법이죠. 아, 물론 곤궁과 배고픔에 시달리는 사람들
을 돌보는 건 별개의 문제입니다.

뭉이쌤   맞아요, 할아버지. 곤궁아주머니에게서 힘든 형편에 잘 적응해서
평화를 누리는 사람의 모습도 보게 되는 것 같아요. 찾아온 거지
를 따뜻하게 대하는 장면 같은 데서요.

연이   어쩌면 이 아주머니가 진짜 부자였던 것일 수도 있네요.

달이   맞아 맞아! 내가 얼마 전에 그 아주머니 집에 다녀왔거든요. 세상
누구보다 평온하더라고. 저승사자를 부를 생각은 1도 없어 보였
어요.

이반   달이, 언제부터 와 있었던 거야? 이 이야기 다 들은 거야?

달이   넵. 저도 이야기 하나 해보려고요.

달이

이야기하는 종달새 달이예요. 제가 세상 곳곳을 다 다니거든요. 멀리 남미에
갔을 때 들은 이야기를 해볼게요. 이것도 저승사자 이야기예요. 제 이야기는
짧아요. 좋죠?

의사와 저승사자

✳

도미니카공화국 민담

옛날에 아주 미천한 사람이 있었어요. 신분이 낮다 보니 좋은 일
거리를 찾기가 어려워요. 그러니 살기가 힘들었죠. 곤궁과 배고
픔이 떠나질 않았어요.

어느 날, 그 사람은 길을 가다가 풀밭에 쓰러져 있는 이상한 사내
를 발견했어요. 검은 망토를 둘렀는데, 얼굴이 새하얀 게 살아 있는
사람 같지가 않아요. 사내는 금방 죽을 듯이 신음했어요. 곤궁아주
머니 같은 사람에게 당한 걸까요? 자세한 사정은 저도 몰라요.

미천한 사람은 마음이 아주 착했어요. 쓰러진 사내를 부축해 일
으켜서 집으로 데리고 가가지고 잘 보살펴 줬죠. 그러자 사내가
정신을 차리고서 말했어요.

"나는 저승사자다. 소원이 있으면 말해봐라."

그러니까 그 사람 마음속에 있던 소망 사항이 툭 튀어나왔죠.

"좋은 일자리를 얻고 싶어요!"

"좋다. 너를 의사로 만들어주지. 네가 손을 얹기만 하면 죽음을

앞둔 사람도 금방 나을 것이다. 내가 환자의 발 쪽에 앉아 있으면 고칠 수 있는 사람이라고 보면 돼. 만약 내가 환자의 머리맡에 앉아 있으면 공연히 애쓸 필요 없다. 치료가 불가능한 사람이거든."

그래서 미천한 사람은 의사가 됐어요. 손을 얹기만 하면 금방 죽을 것 같던 사람이 훌쩍 살아나니까 제일가는 의사죠. 온 나라에 명성이 쫙 퍼졌어요. 별명이 뭐냐면 '기적의 명의'예요. 그 소문을 왕이 들었어요. 왕은 즉시 그를 불러들였죠. 공주가 큰 병에 걸려서 누워 있었거든요.

"네가 내 딸을 살려내면 공주와 결혼시키고 재산의 반을 주겠다. 하지만 내 딸이 죽으면 너도 죽는 거다. 어떠냐?"

"좋아요. 해보겠습니다."

그가 들어가서 환자를 보니까 세상에 그렇게 예쁜 사람은 처음이에요. 마음이 저절로 환해지지요. 하지만 좋은 건 잠시였어요. 보니까 저승사자가 공주의 머리맡에 앉아 있지 뭐예요.

'아, 망했다! 공주를 구하기는커녕 나까지 죽게 생겼어!'

그때 이 사람이 자리에 누워 있는 공주를 보니까 조금 전보다 더 예뻐 보여요. 어떻게든 공주를 살리고 싶죠. 그는 잠깐 공주를 바라보고 이어서 저승사자를 바라보다가 잽싸게 몸을 움직였어요. 그가 어떻게 했을지 맞춰보세요!

그 사람이 한 일은 공주가 누워 있는 자리를 재빨리 반대로 돌리는 거였어요. 자리를 180도 돌려서 저승사자 있는 쪽으로 발이 가게 한 다음 공주의 몸에 얼른 손을 얹었죠. 그러자 공주는 눈을 뜨고서 벌떡 일어나 앉았답니다. 병이 나은 거예요.

그가 공주를 데리고 나가니까 왕이 뛸 듯이 기뻐했어요. 당장 내일 결혼식을 올릴 테니 준비하고 오라고 했죠. 그는 행복했지만 한편으로 찜찜했어요. 저승사자가 가만있을 리 없으니까요. 아니나 다를까, 그가 성을 나오니까 저승사자가 팔을 꽉 붙잡았어요.

"날 따라와!"

저승사자는 그를 데리고 이상한 곳으로 갔어요. 바람이 휭 부는 것 같더니 어느새 커다란 동굴 같은 낯선 곳이었죠. 수많은 등잔불들이 기름 위에서 타오르고 있었답니다.

"보이냐? 이게 세상 사람들의 생명을 나타내는 거야. 저기 막 꺼져가는 게 네 등잔불이지. 그 옆은 공주의 등잔불이고. 아까 꺼졌어야 할 등잔에 기름이 튀어서 아직 불이 붙어 있군. 하지만 기껏해야 5분이야. 너도 마찬가지고."

그 말을 들으니까 온몸에 힘이 다 빠지죠. 그래도 아직 5분이 있잖아요? 그가 저승사자에게 말했어요.

"그 마지막 5분을 이야기에 쓰겠어요. 제가 옛날이야기를 하나 들려드릴게요."

"좋지! 이야기로 인생의 마지막 불꽃을 태워봐. 크크크."

"옛날 어느 마을에 곤궁아주머니가 살았어요. 가진 재산이라곤 배나무뿐이었죠……."

그 사람이 이야기를 이어가니까 저승사자가 점점 빠져들어요.

그는 이야기를 하면서 슬쩍 주변을 이리저리 살폈죠. 그러고는 마침내 자기가 찾던 것을 발견했어요.

"그래서 곤궁아주머니는 아들 배고픔과 함께 영원히 살게 됐답니다. 끝!"

이야기를 마치자마자 그는 한구석에 놓여 있는 기름통을 향해 돌진했어요. 잽싸게 통을 들어서 자기 등잔과 공주의 등잔에 기름을 가득 부었죠. 저승사자가 막을 틈도 없었어요. 이야기를 듣느라 넋을 놓고 있었거든요. 호호.

그게요, 저승사자에겐 기름을 만질 권한이 없어요. 그건 신이라야 가능한 일이었죠. 근데 신들도 이리저리 바빠요. 등잔에 담긴 기름을 하나하나 다 신경 쓸 시간이 없죠.

그래서 어떻게 됐냐고요? 뻔하죠. 그는 공주와 결혼해서 오래오래 행복하게 잘 살았답니다. 그들보다 더 오래 산 사람은 없었어요. 곤궁아주머니와 배고픔을 빼면요.

이야기에 대한 이야기

연이   통이   이반   뀨 아재   로테 이모   뭉이쌤   달이

뀨 아재   브라보! 달이 최곤데. 내 이야기를 이렇게 받다니! 하하.

통이   그러게요. 반전에 반전이에요.

연이   그 의사 아주 지혜로워요. 공주를 돌려놓는 건 생각도 못 했어요.

이반   기름통을 찾아서 등잔에 부은 것은 어떻고! 그거야말로 진짜 지혜인 것 같아. 머리만 돌리는 게 아니라 몸이 함께 움직이니까 더더욱.

뭉이쌤   그게 포인트지. 그리고 한 가지! 그의 인생 역전에 옛이야기도 한 몫했다는 사실을 잊지 말길.

연이   맞아요! 저승사자도 푹 빠져들어서 정신 못 차리게 하는 요상한 무엇. 저승사자가 배나무에 붙들리는 장면에서 이 저승사자는 어떻게 반응했을지 궁금하네요.

통이   그 마음을 내가 재현해 볼까? "야, 안 돼! 올라가지 마! 함정이야!" 이러지 않았을까? 지금 자기가 함정에 걸려드는 줄도 모르고 말이야. 하하.

로테 이모   그런데 저승사자로서도 두 사람이 살아난 게 나쁜 일만은 아니었을 거야. 자기를 도와준 사람이 잘 살게 된 거니까.

이반   오오, 그러네요.

뀨 아재   잠깐! 저승사자가 옛날이야기 들으면서 슬쩍 손가락으로 기름통

가리킨 거 아닐까? 하하.

달이 우와, 그 생각은 못 했어요. 다음에 얘기할 때 써먹어야지!

퉁이 한 걸음 더 나아가면, 저승사자가 의사를 군이 그곳으로 데려간 것도 어쩌면……

뭉이쌤 하하. 상상은 일단 여기까지. 너무 나가면 오버가 될 수 있거든. 다음 이야기는 누가? 퉁이?

퉁이 넵. 사양할 퉁이가 아니죠.

퉁이

지금부터 러시아에서 전해온 민담을 하나 들려드리겠습니다. 원제목은 '불운'인데 제가 '불운을 상대하는 법'으로 바꿨어요. 곤궁아주머니와 젊은 의사는 저승사자를 멋지게 상대했잖아요? 불운은 어떻게 대해야 할까요? 앗! 벌써 답을 찾으시는 거 아니겠죠? 그러면 반전의 재미가 줄어드니 그냥 아무 생각 없이 편하게 들어주세요.

불운을 상대하는 법

러시아 민담

옛날, 한 마을에 농부 형제가 살았어요. 부모가 돌아가시면서 재산을 비슷하게 물려받았죠. 그런데 두 사람이 사는 처지는 몇 년 만에 완전히 달라졌어요. 형은 도시로 가서 손꼽히는 부자가 됐는데, 고향에 남아서 농사를 지은 동생은 갈수록 살기가 어려워졌습니다. 자꾸 흉년이 들다 보니 땅이 점점 사라져서 끼니까지 걱정하는 신세가 됐어요.

게으름을 피우거나 했다면 억울하지도 않죠. 아침 일찍부터 부지런히 일하면서 열심히 살았는데 그렇게 된 거라 답답하고 한심했습니다. 먹여 살려야 할 처자식이 있으니 더 그렇죠.

어느 날, 동생은 집에 먹을 게 떨어져 도시에 사는 형을 찾아갔어요. 형에게 손을 벌리기 싫었지만 다른 방법이 없었거든요.

"형! 나 좀 도와줘요. 처자식이 먹을 게 없어서 굶고 있어요."

"그래? 여기서 일을 거들면 내가 좀 챙겨주마."

동생은 거기서 며칠 동안 닥치는 대로 일을 했어요. 마당도 쓸고 말 목욕도 시키고 물을 길어 오고 장작도 패고, 마치 머슴처럼 일했죠. 그러자 형은 동생에게 빵 한 덩어리를 내줬습니다.

"자, 그동안 수고한 대가다."

겨우 빵 한 덩어리를 얻어서 가려니 마음이 무겁죠. 그래도 동생은 인사를 빠뜨리지 않았어요.

"고마워요, 형! 잘 먹을게요."

그러고서 동생이 떠나려고 하자 형이 말했습니다.

"잠깐! 내일 우리 집에 와서 저녁 먹어라. 제수씨도 함께 와. 내일이 내 생일인 거 알지?"

생일잔치 초대라니 웬일인가 싶죠. 전에는 그런 적이 없었거든요. 동생은 신이 나서 알았다고 말하고 집으로 왔어요. 빵을 받고 실망하던 아내가 초대 소식을 듣더니 활짝 웃었죠.

"잘됐네요. 가서 모처럼 실컷 먹고 아이들 먹을 것도 챙겨 와야겠다!"

다음 날 저녁에 동생 부부는 형의 생일잔치에 참석했어요. 가보니까 생각했던 것보다 대단해요. 도시의 유명 인사들이 다 모여서 자리를 잡고 있었죠. 동생이 보니까 다들 멋지고 화려하게 차려입은 거예요. 거기에 비하면 자기는 너무 초라했죠. 동생은 그 사람들 사이에 낄 수가 없었어요. 형에게 대충 축하 인사를 한 뒤 맨 구석에 있는 자리에 앉았습니다.

얼마 뒤 음식이 나오는데, 구석에 앉은 동생 부부는 아무도 챙겨주질 않아요. 일하는 사람들이 두 사람을 초대받은 손님이라고 생각하질 않는 거예요. 잔치랑 상관없는 사람이 지나가다가 그냥 앉아 있는가 보다 하는 식이죠. 결국 두 사람은 음식을 하나도 먹을 수 없었습니다. 다른 사람이 맛있게 먹는 걸 구경만 해야 했죠. 그러다 보니 더 슬프고 한심한 거예요.

그걸 아는지 모르는지 형은 사람들에게 둘러싸여서 웃고 떠드느라 정신이 없어요. 동생은 감히 다가가서 말을 붙이질 못했죠. 잔치가 끝나고 사람들이 다 흩어질 무렵에야 동생은 비로소 형에게 다가가서 말을 건넬 수 있었습니다. 근데 거기서 뭐라고 나쁜 말을 하기도 좀 그래요.

"형, 초대해 줘서 고마웠어요. 돌아갈게요."

"그래. 잘 가거라."

보니까 두 사람이 아무것도 못 먹은 걸 모르는 눈치예요. 한마디로 관심이 없었던 거죠. 음식을 못 먹은 것만큼이나 서러워요.

어두운 길을 터덜터덜 걸어오려니까 기분이 그렇잖아요? 동생은 괜스레 아내에게 말했어요.

"아, 밤공기 좋군! 기분도 그런데 우리 노래나 부르면서 갈까?"

"노래? 지금 노래가 나와? 아까는 꿀 먹은 벙어리처럼 아무 말도 못 하고선. 난 싫어. 부르고 싶으면 혼자 부르든가!"

그 말을 들으니까 동생이 좀 민망하죠. 그는 혼자서 노래를 흥얼대기 시작했어요. 그러면서 한참을 가고 있는데 옆에서 누가 조그만 소리로 노래를 따라 부르는 거예요.

"엇? 당신이 노래를 따라 부른 거야? 목소리가 좀 이상한데?"

"부르긴 뭘 불러요! 내가 지금 노래 부를 기분이겠어?"

"그럼 누가 부른 거지? 우리 말고는 아무도 없는데 이상하다."

그때 누군가가 동생의 귀에 작은 목소리로 속삭였어요.

"주인님! 제가 함께 불렀어요. 오늘 기분 정말 좋거든요. 제 생각대로 잘 돼서요. 하하하."

"너는 누구지?"

"저는 주인님의 불운입니다. 앞으로 더 열심히 모실게요."

동생이 그 말을 들으니까 기가 막히죠. 그동안 왜 그렇게 일이 안 풀렸는지 비로소 깨달았어요. 불운이 몰래 따라다니면서 장난을 쳤던 거예요.

"그래, 그게 다 불행한 운명 탓이었어. 내 탓이 아니었다고!"

"맞아요. 그게 인생이죠. 크크크."

그렇게 동생은 불운의 존재를 알게 됐어요. 처음에는 소리만 들리더니 나중에는 모습까지 보여요. 그래서 그다음에는 어떻게 됐을까요? 그는 완전히 불운의 포로가 되고 말았답니다. 모든 걸 불운 탓으로 돌리면서 걔가 이끄는 대로 하는 거예요.

"주인님, 이런 날은 술로 풀어야 해요. 가서 한잔합시다."

"그래, 술 말고 뭐가 있겠냐? 가자!"

이런 식이에요.

동생은 결국 남은 재산을 하나씩 하나씩 다 팔아서 그 돈을 술집에다 갖다 바쳤어요. 팔 물건이 없으니까 빚까지 내서 그것도 술집에다 다 퍼부었죠. 그렇게 주인의 인생이 풍비박산 나는 걸 보면서 불운은 신이 나서 노래를 하고 춤을 췄습니다.

그런데 동생이 완전히 망해버리니까 불운이 더 데리고 놀 수가 없는 거예요. 동생에게 돈을 빌려주는 사람이 없으니까 술집으로 데려갈 수도 없었죠.

"그래, 이럴 때 쓸 수 있는 좋은 방법이 있지!"

불운은 주인을 더 오래 데리고 놀 수 있는 방법을 생각해 냈어요. 얘가 이런 데는 선수거든요.

"주인님, 저를 좀 따라와 보세요. 굉장한 곳을 발견했거든요."

동생은 뭐든 불운이 시키는 대로 해요. 마치 로봇이나 마찬가지죠. 불운은 주인을 들판 한구석 커다란 돌멩이가 있는 곳으로 데려가서 그 돌을 치우게 했습니다. 그랬더니 이게 웬일이에요? 그 아래에 구덩이가 있는데, 금화가 가득 차 있는 거예요.

"주인님, 하나도 빠뜨리지 말고 다 챙기세요. 이것만 있으면 좋은 술을 마음껏 마실 수 있답니다."

금화를 보니까 동생 눈이 둥그레지죠. 한동안 못 마신 술 생각을 하니까 입에 절로 군침이 돌았어요. 동생은 구덩이에 있는 금화를 마지막 한 개까지 남김없이 꺼냈습니다.

금화를 다 꺼낸 동생이 불운을 바라보며 말했어요.

"그런데 구덩이 끝에서 반짝이는 거 저건 뭐야? 금화는 아닌 거 같은데."

"거기 뭐가 더 있다고요? 뭐지?"

불운은 그게 뭔지 살펴보려고 구덩이 안으로 몸을 기울였습니다. 그때였어요. 동생은 불운을 구덩이 안으로 콱 걷어찬 뒤 옆으로 치워놨던 돌멩이로 구멍을 꽉 막아버렸습니다. 불운은 꼼짝없이 구덩이 속에 갇힌 신세가 됐죠.

"주인님, 갑자기 왜 이래요? 우리 이런 사이 아니잖아요?"

"됐어. 여기까지야. 이제는 그만 끌려다니겠어. 마지막 금화를 꺼내면서 깨달았지. 이게 마지막 기회라는 걸. 거기서 오래오래 잘 살아봐라. 안녕!"

동생은 금화를 챙겨서 뒤도 안 돌아보고 그곳을 떠났습니다.

구덩이에서 챙긴 금화는 큰 부자가 되기에 충분할 정도로 많았어요. 동생은 흩어졌던 가족을 되찾고 새 집을 지었습니다. 형의 집보다 두 배는 크고 열 배쯤 멋진 집이었어요. 그가 땅을 많이 사고 사람들을 고용해서 농사를 짓는데, 하는 일마다 착착 잘 풀렸습니다. 불운을 떨쳐낸 덕분이었죠. 재산은 점점 늘어났고 이제 걱정은 없었어요. 가족들이 얼마나 좋아했을지는 말할 것도 없죠.

동생이 부자가 됐다는 소문은 형의 귀에도 들어갔어요. 형은 궁금한 마음에 동생 집을 찾아갔다가 깜짝 놀랐어요. 동생 집이 자기 집보다 훨씬 크고 좋지 뭐예요. 동생 부부를 보니까 얼굴이 환하게 피어나서 달과 같고 별과 같아요.

"참 별일이구나. 어쩌다가 이렇게 부자가 된 거야?"

그러자 동생은 웃으면서 그동안 있었던 일들을 다 얘기했어요. 자기의 불운을 구덩이에 차넣고서 돌멩이로 막은 일까지 말이죠. 왜 그 얘기까지 다 했는지 몰라요.

그때 형이 동생 집에서 잘 얻어먹고 집으로 돌아가는데 나쁜 마음이 드는 거예요. 형은 동생이 자기보다 못사는 걸 아주 당연한 일로 생각했거든요. 늘 그랬으니까요. 그런 동생이 자기보다 더 잘사는 게 받아들여지질 않는 거예요.

형의 발걸음은 자기도 모르게 동생이 불운을 묻었다는 곳으로 향했습니다. 거기 도착해서 귀를 기울여 보니까 큰 돌멩이 밑에서 가느다랗게 소리가 들려오고 있었죠.

"나 좀 꺼내주세요. 꺼내주세요……."

두말할 것도 없죠. 거기가 바로 동생의 불운이 묻힌 장소예요. 형은 잠깐 망설이다가 돌멩이를 옆으로 쓱 치웠습니다. 그러자 안에 갇혀 있던 불운이 훌쩍 뛰쳐나와서 형의 어깨 위에 올라앉았어요.

"아이고, 살았다! 고마워요, 주인님! 사랑해요."

"하하. 나는 네 주인이 아니야. 주인이 큰 집을 지어놓고서 기다리고 있으니 빨리 가봐."

그러자 불운이 말했어요.

"싫어요. 안 가요. 그 녀석이 나를 여기 가둬서 죽이려 했단 말이에요. 당신이 나를 살려줬으니 이제 내 주인은 당신입니다. 아무 데도 안 갈 거예요."

불운은 형의 몸에 딱 붙어서 떨어질 생각을 안 했어요. 형이 이리저리 떼내려고 해도 소용없었죠.

"주인님, 이럴 때는 술이 최고예요. 한 잔 쭉 마시면 만사가 편하죠."

불운의 속삭임에는 굉장한 마력이 있다나 봐요. 형은 달콤한 유혹의 말을 이길 수 없었죠. 그는 집이 아니라 술집으로 향했습니다. 거기서 고주망태가 되도록 마셨죠.

그다음은 일사천리예요. 형은 불운의 꼬임에 빠져서 매일마다 술집을 찾아가서 흥청망청 돈을 써대기 시

작했습니다. 술에서 깨고 나면 후회했지만 잠깐이에요. 저녁이 되
면 다시 발걸음은 어느새 술집으로 향했죠. 그렇게 날이 가고 달
이 가다 보니 그 많은 재산이 봄바람에 눈 녹듯 사라져갔습니다.

　불운은 이제 형과 단짝이 됐어요. 아내나 자식들보다 더 가까웠
죠. 그러던 어느 날, 형이 불운에게 말했습니다.

　"이봐, 오늘 나하고 새로운 놀이 하나 해볼까? 숨바꼭질 어때?"

"좋죠! 주인님이 먼저 숨어보세요. 제가 찾을게요."

"좋지!"

형이 나름 신경 써서 숨었지만 불운은 단번에 그를 찾아냈어요. 도저히 당할 수가 없는 상대예요.

"이제 제가 숨을 차례 맞죠? 절대 못 찾을걸요. 저는 작은 구멍에도 쏙 들어갈 수 있거든요."

"진짜로? 그럼 여기 수레바퀴 틈새로도 들어갈 수 있어?"

"물론이죠. 그 정도야 뭐."

그러면서 불운은 수레바퀴 속으로 쏙 들어갔어요. 그러자 형은 쐐기로 입구를 콱 틀어막았습니다. 실은 미리 그 녀석을 가두려고 준비를 해놨던 거예요. 형은 그 바퀴를 미련 없이 강물로 밀어 넣었습니다. 수레바퀴는 물속으로 쏙 가라앉았죠. 형이 웃으면서 말했어요.

"동생이 해낸 일을 내가 못 하면 형이라고 할 수가 없지. 하하."

그렇게 불운을 강물 속에 처박은 뒤 형은 잃어버린 재산을 하나씩 되찾으면서 잘 살았대요. 동생하고도 사이좋게 잘 지내면서요.

연이   통이   이반   로테 이모   뭉이쌤   약손할배

이반   재미있네. 전에 본 적 있는 이야기인데 다시 들어도 새로워.

연이   예상을 깨는 결말이었어. 당연히 '흥부 놀부' 이야기처럼 형이 망할 줄 알았는데, 갑자기 불운을 물리칠 줄이야!

이반   쌤, 이거 뭔가 인과응보에 안 맞는 거 아닌가요?

뭉이쌤   그렇게 생각할 수도 있지만, 사람은 누구라도 단단히 마음을 먹으면 불운을 떨쳐내고 삶을 바꿀 수 있다는 측면에서 이렇게 진행되는 것 같아.

로테 이모   아, 지난날과 상관없이 누구나 그렇다는 거죠? 그러니까 그건 우리 모두가 그럴 수 있다는 말이네요.

뭉이쌤   그렇죠. 불운이라는 게 숙명이 아니라 사실은 스스로 불러들이는 것이고, 또 스스로 물리칠 수 있는 것이라는 뜻이 되겠죠.

통이   사실 동생이 못살게 된 건 형 때문이었다고 하기 어려워요. 스스로 불행을 자초한 거죠.

연이   그런가? 가만! 그러고 보니까 형의 생일잔치 때도 스스로 구석자리에 앉았고, 음식을 못 받고도 말을 못 했어. 그런 모습이 불운을 불러온 거였나 보다.

통이   바로 그거야! 늘 끌려다니는 인생. 그러다가 기회가 왔을 때 그걸 딱 멈추고 새 길을 열어낸 거지. 내 생각에는 그게 인간의 지혜이고 능력이야.

이반 형은 스스로 나서서 불운을 떨치는 기회를 만들어낸 거니까 동생 이상으로 지혜롭다고 할 수 있겠군.

퉁이 그렇지. 형이 동생처럼 패가망신까지 가지 않는 이유가 그것 같아. 능력자였던 거지. 그 전에 구덩이에 갇힌 불운을 꺼내는 실수를 하기는 했지만 말야.

약손할배 사실 인생의 모든 순간이 기회가 될 수 있지. 마음을 고쳐먹고 삶의 길을 바꾸는 일은 언제든 할 수 있거든.

연이 오. 그 말씀 아주 좋아요. 꼭 기억해야겠어요.

뭉이쌤 그래그래. 한 가지. 이야기 속의 형처럼 결연한 행동력이 있어야 한다는 걸 잊지 마.

연이 넵. 수레바퀴를 강물에 던지는 장면, 기억할게요.

뭉이쌤 어느새 이야기판이 무르익는군. 나도 이야기 하나 해볼게. 이번에는 좀 짧은 걸로.

사제와 교회지기

✳

노르웨이 민담

옛날, 어느 나라에 사제가 살았어. 사제는 교회에서 신을 모시는 사람이야. 종교적인 지도자지. 근데 이 사제가 아주 오만했단다. 온 세상을 자기 눈 아래로 내려다보는 거야. 말을 타고 가다가 길에서 다른 사람을 만나면 멀리서부터 고함을 쳐대곤 했어.

몽이쌤

"비켜라! 비켜라! 사제 나리 나가신다!"

그 말을 듣고서 사람들이 놀라서 비켜나면 사제는 잔뜩 으스대면서 지나가는 거야.

어느 날, 사제가 말을 타고서 길을 가는데 앞에 누군가가 가고 있었단다. 사제는 그쪽으로 다가가면서 고래고래 소리쳤어.

"비켜라! 비켜라! 사제 나리 나가신다!"

그런데 그 사람이 들었는지 못 들었는지 비키지를 않고 그대로 가지 뭐냐.

"어허, 안 들리냐? 어서 비키라니까!"

121

사제가 가까이 다가갔는데도 들은 척을 안 해. 사제가 말을 몰아서 그 옆으로 달라붙으면서,

"이봐! 내 말 못 들은 거야?"

그러자 그 사람이 옆을 돌아보면서,

"나보고 하는 말인가?"

사제가 보니까 그게 자기 나라의 왕이었어. 워낙 소박하게 다녀서 왕인 줄을 미처 몰랐던 거야.

"아이쿠, 전하! 실례했습니다."

"알겠네. 하지만 내일 나를 찾아오게나. 그 자리를 지키려면 내가 하는 세 가지 질문에 제대로 답해야 할 거야."

왕이 부르는데 안 갈 수 없지. 근데 이 사제가 좀 짜증이 나는 거야. 다른 사람이 하는 질문에 답하는 건 해본 적이 없거든. 그냥 소리치면서 혼내는 걸로 때웠을 뿐이야. 신의 뜻을 내걸면서 말이지.

"제길! 잘못 걸렸군. 어떡하나?"

사제는 잠시 생각하다가 교회지기를 불렀어. 교회에서 이런저런 잡일을 하는 친군데 이 사람이 좀 똑똑했거든. 얼굴 생김새와 체구는 자기랑 비슷한데 말이지.

"이보게, 내일 나 대신 사제 옷을 입고서 임금을 만나러 가게. 질문에 대답하는 일은 나에게 맞지 않거든. 열 명의 현자가 있어도 한 명 멍청이의 엉뚱한 질문에는 당황하는 법이지."

왕을 멍청이 취급하지 뭐냐. 하여튼 이 사람이 그런 식이야.

그래서 다음 날 교회지기가 사제 옷을 차려입고서 임금 앞으로

가게 됐어. 그가 멀찍이 무릎을 꿇고 앉아 있으니까 왕이 사람 바뀐 걸 알아보지 못하지.

"그래, 준비는 됐지? 내 말이 들리느냐?"

"네, 잘 들립니다."

"첫 번째 질문이다. 서쪽 끝에서부터 동쪽 끝까지의 거리는 얼마나 되느냐?"

"네, 딱 하루 거리입니다."

"어째서 그렇지?"

"해가 동쪽 끝에서 떠올라서 서쪽 끝으로 떨어지는 데 딱 하루가 걸리니까요."

그러자 왕이 살짝 놀랐어.

"좋다. 두 번째 질문이다. 네가 보기에 여기 서 있는 나는 얼마의 가치가 있는지 말해봐라."

"네, 전하의 가치는 은화 스물아홉 닢입니다."

"뭐라고? 어째서 그렇지?"

"예수님의 가치가 은화 서른 닢이었잖아요? 전하의 가치는 예수님 바로 밑이니 스물아홉 닢이 적당합니다."

예전에 유다가 예수님을 은화 서른 닢에 팔아넘겼었거든. 그 일을 두고서 이렇게 말한 거야. 왕이 뭐라고 반박할 거리가 없지. 그게 아주 그럴싸한 답이거든.

"그래, 좋다. 이제 마지막 질문이다. 네가 그처럼 현명하다면 지금 내가 무슨 생각을 하고 있는지 알 수 있겠지? 맞혀보거라."

"네, 아주 쉽습니다. 전하께서는 지금 앞에서 말하는 사람이 어제 만난 그 사제가 맞는가 하고 생각하고 계십니다. 아무래도 아닌 것 같다고 느끼고 계시지요. 그렇다면 정답입니다. 전하 앞에 있는 사람은 사제가 아니라 교회지기거든요."

그러자 왕이 말했어.

"좋다. 이제 돌아가도 돼. 돌아가더라도 그 옷은 벗지 말도록. 지금부터 그대가 사제니까 말이다. 너를 보낸 그 사람은 평생 교회지기로 살게 될 것이다."

그래서 그 말대로 됐단다. 사람들이 바뀐 교회지기를 아주 호되게 부려먹었다지. 하하.

이야기에 대한 이야기

연이   통이   이반   뀨 아재   로테 이모   뭉이쌤   약손할배

통이   오, 통쾌하다. 이런 반전 좋아요.

이반   교회지기가 아주 현명하네요. 세 번째 질문에 그렇게 답할 줄은 몰랐어요. 듣고 보니 딱 맞는 답이에요.

연이   저는 첫 번째와 두 번째 질문에 대한 답도 인상적이었어요. 은화 스물아홉 닢. 이거 종종 써먹어야겠어요.

통이   지혜도 대단하지만 '나는 교회지기입니다.' 하고 당당하게 밝히는 게 멋진 포인트였음.

약손할배   대개 솔직함이 최고의 지혜지.

이반   신을 모시려면 당당하고 진실해야 하니까 이 사람이 사제에 딱 어울려요.

통이   왕의 명령이 교회에 대한 월권이 아니라 현명한 처사였다는 말이네. 찬성!

뭉이쌤   하하. 알아서들 잘 해석해 주니 덧붙일 말이 없구나. 사람은 결국 제 깜냥대로 살게 돼 있지. 그렇게 움직이는 세상이 좋은 세상이고. 이야기가 펼쳐 보이는 게 바로 그런 세상이야.

연이   한 가지 걱정은 사제가 교회지기 일을 잘했을까 하는 점이에요. 늘 큰소리만 치고 시키기만 하던 사람이라서…….

뀨 아재   혼나면서 배워야지 뭐.

퉁이   아하! 사람들이 그를 호되게 부려먹었다는 게 그런 뜻이구나. 맞
          죠, 쌤?

뭉이쌤   그 판단은 너에게 맡길게. 그 뒤로 사제가 어떻게 됐는지 한번 이
          야기를 만들어봐도 좋겠어.

연이   오, 재미있겠어요.

로테 이모 이제 내가 이야기 하나 해도 되겠지?

퉁이   그럼요! 기다리고 있었어요.

로테 이모

내가 들려줄 이야기는 이스라엘에서 전해온 민담이에요. 왕과 노인의 문답에
얽힌 일화를 담은 내용인데, 뭉이쌤이 들려준 이야기와 구조가 비슷해요. 시
작할게요.

머리카락이 먼저 세는 이유

*

이스라엘 민담

옛날에 어떤 왕이 여행을 하다가 밭에서 일하고 있는 노인을 만났어요. 근데 노인 모습이 신기한 거예요. 수염은 검은데 머리카락은 하얗게 셌지 뭐예요. 왕이 노인에게 물었어요.

"노인은 어찌해서 수염은 검은데 머리는 하얗게 센 거요?"

사실 그게 뭐라고 답할 만한 질문이 아니잖아요? 그런데 노인이 바로 입을 열어서 대답했답니다.

"당연한 일이지요. 머리는 제가 태어날 때부터 있었고 수염은 성인식을 마친 뒤부터 자라기 시작했거든요. 머리카락이 더 오래된 털이니까 먼저 센 겁니다."

그 말을 듣고 보니 우문현답이에요. 어리석은 질문에 현명한 답. 왕이 감탄하면서 말했어요.

"그 대답 아주 그럴싸하군요. 내가 좀 써먹어야겠어요. 이 얘기를 아무에게도 하지 않는다고 약속할 수 있죠? 내 얼굴을 백 번 보기 전까지는 절대 말하면 안 됩니다. 약속을 잘 지키면 나중에

상을 주지요."

"네, 알겠습니다."

서둘러 그곳을 떠나서 궁궐로 돌아간 왕은 신하들을 다 불러놓고 말했어요.

"내가 여러분들의 지혜를 확인해 보겠소. 수염보다 머리카락이 먼저 세는 이유가 무언지 답해보시오."

신하들이 아무리 생각해도 알 수가 없어요. 왕은 한 달의 기한을 주고서 어떻게든 답을 찾게 했답니다. 답을 못 찾으면 현자의 자격이 없는 걸로 치겠다고 했지요. 그렇게 되면 그게 큰 불명예거든요. 신하들은 어떻게든 답을 찾으려고 했어요. 하지만 뜻대로 되질 않았답니다. 애써 답을 만들어봐도 왕이 원하는 답은 아니었죠.

그때 신하들 가운데 머리가 좀 돌아가는 사람이 있었나 봐요. 왕이 시골 마을을 돌아보고 와서 그 문제를 냈잖아요? 그날 왕이 갔던 곳을 쭉 찾아보면 뭔가 실마리가 있으리라고 생각한 거예요. 예상은 적중했지요. 그 신하는 머리가 하얗고 수염은 검은 노인을 발견했어요.

"여보세요, 노인장. 수염은 검은데 머리카락이 먼저 하얗게 센 이유가 뭐죠?"

"이유는 알지만 말할 수는 없습니다. 말을 안 하기로 약속했거든요."

그러자 신하가 매달려서 통사정을 하는 거예요.

"원하는 걸 다 드릴 테니 제발 답을 알려주시오. 우리 사정이 아주 곤란합니다."

그러자 노인은 잠시 생각하더니 이렇게 말했답니다.

"은화 백 닢을 주신다면 알려드리죠."

신하가 부자인데 그 정도는 아무것도 아니죠 뭐. 신하는 곧바로 은화 백 개를 꺼내서 노인에게 줬어요. 노인은 은화를 하나하나 다 확인해 보더니,

"머리는 내가 태어날 때부터 있었고 수염은 성인식을 마친 뒤부터 자라기 시작했죠. 머리카락이 오래된 털이니까 먼저 센 겁니다."

그 말에 신하는 무릎을 딱 쳤어요. 그는 왕궁으로 돌아가서 왕에게 말했답니다.

"답을 찾았습니다. 머리카락은 태어날 때부터 자라고 수염은 어른이 돼야 자라죠. 머리카락이 오래된 털이라서 먼저 세는 것입니다."

그러니까 왕이 할 말이 없지요. 신하들의 기를 누르려다가 자기가 당한 꼴이에요. 왕은 그 답이 노인에게서 나온 거라는 사실을 눈치챘어요. 신하가 왕궁 밖으로 나갔다 온 걸 알았거든요. 화가 난 왕은 노인을 잡아들여서 호통을 쳤답니다.

"그 일을 비밀로 하겠다고 단단히 약속했잖소? 약속을 깼으니 상 대신 벌을 내릴 것이오."

그러자 노인이 이렇게 말하는 거예요.

"전하, 저는 약속을 지켰습니다. 전하 얼굴을 백 번 보고 나면 말해도 된다고 하지 않으셨습니까?"

"그랬지! 하지만 당신이 내 얼굴을 언제 백 번 봤단 말이오?"

그러자 노인이 주머니에서 은화를 꺼내 보이면서 말했어요.

"여기 은화에 전하의 얼굴이 새겨져 있습니다. 제가 신하에게 은화 백 개를 받아서 전하의 얼굴을 하나하나 보았죠. 지금까지 본 걸 다 합치면 천 번은 될 겁니다."

그러자 왕이 무릎을 치면서 말했어요.

"아아, 이렇게 현명할 수가! 당신은 이 궁궐에 있는 모든 사람보다 지혜로운 분입니다. 드디어 내가 제대로 된 스승을 만났군요. 여기 머물면서 나를 도와주시오."

왕은 노인을 원로 자문관으로 모시고 중요한 일이 있을 때마다 그에게 자문을 구했답니다. 그 덕분에 사람들에게 훌륭한 임금님 이라는 소리를 듣게 됐다고 해요.

연이   퉁이   이반   뀨 아재   로테 이모   뭉이쌤   약손할배

이반   역시 로테 이모님! 뭉이쌤 이야기하고 딱 맞는 짝이네요.

연이   그러게요. 노인이 왜 은화를 탐내나 했더니, 이런 반전이 있을 줄 몰랐어요.

퉁이   돈도 받고 약속도 지키고 현자로 인정받고, 일석삼조야.

연이   근데 은화를 한 닢만 받아도 되지 않았나? 보고 또 보고 백 번 보면 되니까.

퉁이   그러네. 그래도 많으면 좋잖아?

뭉이쌤   그 노인이 비밀에 어울리는 값을 매긴 것일 수도 있어.

로테 이모   저는 정성이라고 생각했어요. 하나를 자꾸 보는 것보다 여러 개를 보는 게 더 진심이 담겨 보인달까요.

연이   그렇구나. 제가 좀 손이 작았나 봐요. 앞으로 비슷한 일이 있으면 충분한 대가를 받겠어요.

로테 이모   연이가 그렇게 말하니까 내가 큰 대가를 받은 느낌.

뀨 아재   이쯤에서 뭉이쌤이 한마디 하셔야 하는데. "그게 옛이야기의 힘이지." 이렇게.

뭉이쌤   하하. 역시나 뀨 아재. 그럼 다음으로 넘어갈까요?

약손할배   이반이 한번 해보렴. 그럼 내가 이어서 하나 할게.

이반   넵, 알겠습니다.

너그러운 왕과 지혜로운 소녀

*

몽골 민담

이반

옛날 옛날, 어느 나라에 아주 착한 왕이 살았어요. 백성들의 소원을 다 들어주는 너그러운 왕이에요. 배고프고 힘든 사람이 있으면 자기 탓이라고 여겼죠. 누가 찾아와서 부탁을 하면 거절을 못 해요. 그리고 늘 이렇게 말했습니다.

"백성들이 원하는 걸 들어주지 못하면 자격이 없는 것이니 왕의 자리에서 내려가겠소."

왕이 늘 그렇게 마음을 쓰니까 백성들이 다들 왕을 믿고 따라요. 괜한 요청을 하지도 않고요. 그러니까 나라에 평화와 행복이 넘쳐났어요. 그 나라 백성이 되려고 찾아오는 사람들도 많았습니다.

그런데 이웃 나라에 심보 사나운 왕이 있었어요. 백성들을 무시하고 멋대로 부려먹는 사람이에요. 그 왕의 골칫덩이는 옆나라 착한 왕이었어요. 둘이 딱 비교가 되니까 사람들이 불만이 많고 말을 잘 듣지 않으려는 거예요. 그 왕을 쫓아내야 제 맘대로 권력을 휘두를 수 있을 것 같았죠.

그 나쁜 왕에게는 아첨 잘하고 잔머리를 잘 굴리는 부하가 세 명 있었습니다. 나쁜 왕은 착한 왕을 쫓아낼 생각으로 그 세 사람을 은밀히 불러서 말했어요.

"옆 나라에 들어가서 그자가 왕의 자리에서 쫓겨나게 해라. 성공하면 부귀영화를 마음껏 누리게 해주겠다."

부귀영화라는 말에 이 사람들이 군침을 흘려요. 명을 받고 물러난 세 사람은 머리를 모으고 방법을 찾기 시작했습니다. 한 사람이 손으로 이마를 탁 치면서 말했어요.

"옆 나라 왕은 백성이 원하는 걸 다 들어준다잖아? 못 들어주면 왕의 자리에서 물러난댔어. 방법은 아주 간단해. 우리가 그 나라 백성으로 꾸미고 찾아가서 왕이 절대 들어줄 수 없는 소원을 말하는 거야."

그러자 두 사람이 짝짝 박수를 쳐요.

"그래. 그러면 되겠네."

"뭐를 요청할지만 생각하면 되겠군. 그거야 자신 있지!"

세 사람은 옆 나라로 들어가서 백성인 척 꾸미고서 왕을 찾아갔어요.

"전하, 소원이 있어서 찾아왔습니다. 어떤 소원이라도 들어주실 수 있으신가요?"

"물론이오. 뭐든 얘기해 보구려."

그러자 한 사람이 말했어요.

"저에게 보르항산의 무게만큼 되는 금을 주십시오."

그게 몽골에 있는 큰 산이에요. 그 산 무게만큼 되는 금이라니 말도 안 되죠.

"저에게는 홉스굴 호수에 있는 물의 양만큼 되는 우유를 주십시오."

이건 둘째 사람의 소원이에요. 홉스굴은 몽골에 있는 커다란 호수예요.

"저는 대초원 넓이만 한 비단을 받고 싶습니다."

세 번째 사람은 또 이렇게 말해요. 갈수록 태산이죠.

왕은 누가 와서 이런 소원을 말할 거라고는 전혀 생각도 하지 않았어요. 그런데 자기 입으로 해놓은 말이 있잖아요? 사람들과의 약속이라 무를 수도 없는 거예요. 왕은 이러지도 저러지도 못하고 고민에 빠졌습니다.

"오늘은 그냥 물러갔다가 내일 다시 오시구려. 내가 어떻게든 해보리다."

세 사람이 물러간 뒤에 왕은 신하들하고 이 일을 어떻게 처리해야 할지 상의했어요. 신하들이 이리저리 머리를 써봤지만 어떻게 해야 할지를 몰라요.

"집에 가서 쉬면서 잘 생각해 봐주세요."

그래서 신하들이 집에까지 와서 그 일을 곰곰히 생각해요. 그런데 어떤 신하의 어린 딸이 아버지가 고민하는 걸 보고서 무슨 일

이냐고 물었어요. 딸이 자꾸 말해달라고 조르니까 아버지는 궁궐
에서 있었던 일을 말해줬죠.

그러자 딸이 말했습니다.

"아버지, 내일 아침에 궁궐에 들어가실 때 저를 데리고 가주세
요. 제가 해결해 볼게요."

그 딸이 원래 꽤 영리했거든요. 딸이 워낙 자신 있게 말하니까
신하는 다음 날 궁궐에 들어가면서 딸을 데리고 갔습니다.

신하들이 다 모였는데, 따로 대책을 마련해 온 사람은 없었어
요. 그때 아버지와 함께 들어간 소녀가 앞으로 나서며 왕에게 말
했습니다.

"임금님, 저도 이 나라 백성이니까 한 가지 소원을 말씀드려도
되겠죠?"

"그래, 말해보려무나."

그러자 소녀가 이렇게 말하는 거예요.

"오늘 하루만 제가 임금님 대신 왕 노릇을 할 수 있게 해주세요.
지금부터요."

그러니까 다들 깜짝 놀라죠. 아버지가 제일 당황해요. 그때 왕
이 웃으며 말했어요.

"그래, 네 소원을 들어주마. 오늘 어려운 일을 처리해야 하는데
너에게 맡겨보지."

그래서 어린 소녀가 왕의 자리에 앉게 됐어요. 얼마 뒤에 전날
소원을 말했던 세 사람이 들어왔습니다. 그런데 왕의 자리에 웬

여자아이가 앉아 있으니까 깜짝 놀라죠. 그때 소녀가 그들을 보면서 말했어요.

"세 분이 부탁하신 거 들었어요. 오늘은 제가 왕이지만 우리 임금님께서 왕의 이름으로 하신 약속이니까 지키겠어요. 세 분을 위해 선물을 준비해 왔으니 받으세요. 먼저 보르항산 무게만큼의 금을 요청하신 분?"

그 사람이 나서자 소녀는 집에서 챙겨 온 보따리에서 저울을 꺼내서 줬어요.

"그 저울로 보르항산의 무게를 정확히 재 오세요. 그러면 그 무게만큼 금을 드릴게요. 그다음, 우유를 청하신 분!"

그 사람에게 소녀가 내민 것은 자그마한 바가지였습니다.

"그 바가지로 흡스굴 호수 물의 양을 정확히 재 오세요. 그러면 그만큼의 우유를 드리겠어요."

마지막으로 소녀가 세 번째 사람에게 내민 것은 길다란 자였습니다.

"그 자로 대초원의 넓이를 재 오세요. 그러면 그 크기만 한 비단을 드리죠."

세 사람의 얼굴이 벌게졌어요. 신하들의 얼굴은 환하게 밝아졌죠. 소녀의 아버지는 주먹을 불끈 쥐었습니다.

"뭐 하세요? 빨리 가서 재셔야죠. 바쁘실걸요."

그래서 어떻게 됐을까요? 첫째 사람은 저울을 가지고 보르항산으로 가서 계속 돌멩이랑 흙을 들어서 재느라고 허리가 구부러져서 개미로 변했어요. 두 번째 사람은 바가지로 홉스굴 호수의 물을 푸다가 너무 힘들어서 바가지 벌레가 돼버렸어요. 그게 뭐냐면 올챙이예요. 세 번째 사람은 허리를 굽히고서 자로 초원을 재다가 자벌레가 돼버렸지요.

개미가 계속 뭔가를 짊어지고 나르잖아요? 올챙이는 물속에서 열심히 왔다 갔다 하고요. 자벌레는 계속 몸을 굽혔다 폈다 하면서 땅을 재듯이 움직이지요. 그게 다름이 아니고 그때부터 시작된 일이랍니다. 진짜예요. 못 믿겠으면 개미랑 올챙이, 자벌레에게 물어보세요.

이야기에 대한 이야기

 연이 통이 이반 뀨 아재 뭉이쌤 약손할배

통이 이반 형, 마지막 멘트는 왠지 안 어울려. 크크크.

이반 좀 그랬지?

뀨 아재 뭐 어때서. 나는 진짜로 개미에게 물어볼 거야. 하하.

연이 이반 오빠가 반전이 없다고 했는데, 내 생각에는 반전이었어. 하나는 소녀가 왕의 자리에 앉겠다고 한 거. 또 하나는 세 사람이 개미와 올챙이와 자벌레로 변한 거. 이 소녀 마음에 쏙 들어.

뭉이쌤 만약 연이가 그 나라 백성이었다면 왕에게 어떤 소원을 말했을까?

연이 왕을 힘들게 하는 건 안 청할 거예요. 그런 왕은 지켜드려야 하니까요. 음…… 저라면 옛날이야기 멋지게 잘할 수 있게 도와달라고 하겠어요.

통이 그건 내가 해줄 수 있는데.

연이 오빠보다는 약손할배님이나 뀨 아재께 배우고 싶은걸!

뭉이쌤 연이야, 나도 있단다. 하하.

연이 쌤하고 세라 언니에게는 이야기 해석에 대해서 배우겠어요.

뭉이쌤 하하. 젊은 친구들은 못 당한다니까! 그렇담 다음 이야기는 약손할배와 뀨 아재 두 분 중에 누가?

뀨 아재 약손할배님 순서입니다. 저는 좀 아껴뒀다가 다음 기회에.

약손할배

인도에서 전해온 이야기를 해볼게요. 개구쟁이 학생들 이야기예요. 구루라는

말 들어봤나 몰라요. 인도에서는 영적인 스승을 구루라고 한답니다. 그 밑에

많은 제자들이 찾아와서 함께 살면서 공부를 하지요. 그 제자들을 시슐루라

고 부른대요. 이 시슐루들이 원래는 신이었는데 벌을 받아서 인간으로 태어났

다는 말도 있어요. 근데 학생들이 원래 장난을 좋아하잖아요? 시슐루들도 마

찬가지예요.

개구장이 시슐루 이야기

*

인도 민담

인도에 파르마난다야라는 구루가 있었어요. 그 밑에는 시슐루가 열세 명 있었답니다. 시슐루들은 구루를 모시고 함께 살면서 가르침을 받았지요. 그러던 어느 날, 파르마난다야 구루의 딸이 결혼을 하게 됐어요. 그곳도 우리나라처럼 결혼식을 신부 집에서 올리는 게 관습인가 봐요. 그러니 집을 깨끗이 청소해야지요. 구루가 시슐루들에게 말했어요.

"가서 저 앞에, 집을 깨끗이 페인트칠을 해라."

시슐루가 구루의 집안일을 돕는 건 으레 하는 일이에요. 시슐루들은 힘차게 대답하고서 일을 하러 갔지요. 구루는 이것저것 딴 일들을 준비하느라고 따로 신경 쓸 겨를이 없어요. 그런데 일을 다 보고 돌아와 보니까 집에 페인트칠이 하나도 안 돼 있는 거야.

"얘들아, 집에 왜 칠을 안 한 거냐? 내가 페인트 줬잖아."

"깨끗이 다 칠했는데요!"

그러면서 시슐루들이 앞집을 가리키지 뭐예요. 구루가 턱으로 자기 집을 가리키면서 '저 앞에, 집을 칠해라.' 이렇게 말한 건데 애들이 말 그대로 앞엣집을 칠한 거지요. 아니, 결혼식을 올릴 곳은 이 집인데 왜 거기를 칠하냔 말야. 하여튼 못 말려요. 괜히 그 집만 덕을 봤지요.

그다음 날이 결혼식인데, 이래가지고는 손님을 맞을 수 없는 거예요. 새로 페인트칠을 해야 하니까 시간이 필요하지요. 구루는 생각 끝에 신랑 집에 말해서 결혼식을 연기했답니다.

하지만 그 결혼식은 끝내 열리지 못했어요. 며칠 뒤에 신랑이 갑자기 푹 쓰러져서 죽어버린 거예요. 그 사람한테 병이 있었던 거지. 그래서 어떻게 됐냐고요? 시술루들 덕분에 구루의 딸은 청상과부가 되는 신세를 면했지요. 그리고 그 딸은 얼마 뒤 시술루들이 새로 잘 칠해놓은 집에서 다른 남자랑 결혼해서 잘 살았대요.

또 다른 이야기.

어느 날, 파르마난다야 구루의 부인이 저녁에 라두를 만들었어요. 라두가 뭐냐면 인도의 전통 디저트예요. 과자 같은 건데 아주 맛있어요. 근데 부인 생각에 그걸 시술루들이 먹어 치울 것 같아요. 남편을 위해서 만든 건데 말이죠. 그래서 부인은 시술루들에게 이렇게 말했어요.

"이거 먹으면 안 돼요. 여기 독이 있어서 죽을 수 있어요."

그렇게 말해놓고서 부인은 안심하고 잠자리에 들었어요. 이 부인이 시술루들을 몰라도 한참 모른 거지. 밤에 열세 시술루는 살

그머니 몰려나와서 라두가 담긴 그릇을 앞에 놓고서 빙 둘러앉았답니다. 한 아이가 입을 열었어요.

"스승님이 이거 드시면 돌아가시는 거잖아. 우리가 스승님을 살리자!"

"그래, 스승님을 지켜드려야 해!"

그러면서 두 아이는 라두를 하나씩 들어서 바삭바삭 씹어 먹었어요. 눈물까지 흘리면서 말이죠.

"이상해. 독이 왜 이렇게 맛있지?"

그러자 아이들이 다들 그릇에 손을 내미는 거예요.

"나도 먹을래. 맛있는 상태로 죽겠어."

"나도!"

그러면서 아이들은 한 명도 빠짐없이 라두를 집어 먹었어요. 그릇은 금세 텅 비었죠. 아이들은 죽음을 맞이하기 위해서 자리에 누웠답니다.

"우리 언제 죽는 거지?"

"너무 달콤해. 벌써 죽어서 천국에 온 건가?"

"스승님! 저희 몫까지 오래오래 살아주세요!"

아이들은 일제히 엉엉 울기 시작했어요. 구루가 놀라서 나와 보니까 다들 배를 잡고 뒹굴면서 울고 있지 뭐예요.

"너희들, 이게 무슨 일이냐?"

그러자 한 아이가 말했어요.

"어라? 스승님도 천국에 오신 거예요? 우리가 스승님 살리려고 독이 든 과자를 다 먹었는데요."

구루는 그 말을 듣고서 무슨 일이 있었는지 깨달았지요.

"이 녀석들아! 어서 일어나거라. 거기 진짜 독이 들어 있으면 어쩌려고 그런 거야?"

그러자 시슐루들이 모두 일어나서 구루를 둘러싸고 말했어요.

"스승님, 사랑합니다!"

스승님이 그냥 웃을 수밖에요!

아이들이 진짜 독이 든 걸로 알았냐구요? 그럴 수도 있고, 아닐 수도 있고. 아이들 속을 내가 어찌 알겠어요? 하하.

또 있어요.

어느 날 저녁에, 구루가 시슐루들에게 배가 고프니까 밥을 지어 오라고 시켰어요.

"네, 스승님!"

하여간 아이들이 대답은 참 잘해요.

그래서 애들이 밥을 짓는 참이에요. 솥에 쌀을 넣고서 불을 때니까 김이 피어오르고 소리가 나잖아요? 애들이 그때 한창 음악을 배우고 있었나 봐요. 솥에서 나는 소리를 가지고 애들이 박자를 맞추는 거예요. 근데 이게 잘 안 맞지 뭐예요.

"뭐야? 박자가 안 맞잖아?"

"이러면 밥이 될 수가 없어. 스승님이 뭐든 박자가 맞아야 한다고 하셨거든."

그래서 애들이 박자를 맞춰보려고 애를 쓰는데 계속 안 맞는 거예요.

"안 돼. 이 밥은 망쳤어! 갖다 버리자."

애들이 밥을 갖다 버리고서는 밥 대신 카레 수프를 끓이기 시작했어요. 그런데 그것도 영 박자가 안 맞아요.

"아, 이번에도 박자가 안 맞아. 이것도 틀렸어!"

애들이 그것도 내다 버려요.

하여튼 계속 그런 식이에요. 만드는 것마다 박자가 안 맞아서 도무지 완성이 안 돼요. 구루가 기다리다 못해서,

"얘들아, 아직 음식이 안 된 거냐?"

그러자 시슐루들이 스승님 앞으로 쪼르르 몰려가더니만,

"스승님, 그게요…… 하는 음식마다 박자가 안 맞아서 못 만들었어요. 안 드시고 그냥 주무시면 안 될까요?"

없는 밥을 먹을 수는 없잖아요?

"알았다. 사실은 내가 속이 더부룩한데 음식이 들어가면 뱃속에서 박자가 안 맞을 뻔했어. 차라리 잘됐다."

"그게 신의 뜻이었군요! 어쩐지 박자가 안 맞는다 했어요."

아이들이 다들 하하 호호. 스승님도 그냥 껄껄.

다음, 네 번째 이야기.

어느 날, 구루가 시슐루들을 불러서 말했어요.

"내가 옷을 꿰매야 하는데 바늘이 안 보이네. 가서 좀 가지고 오

너라."

"네, 스승님!"

그러더니 아이들이 다들 나가서 바늘을 하나씩 가져온 거예요. 아이들이 열세 명이니까 바늘도 열세 개지요. 보니까 큰 바늘, 작은 바늘 제각각이에요. 아이들이 바늘 열세 개를 대나무통에 담아서 드리니까 구루가 놀라서,

"아니, 그냥 한 개면 되는데 다들 하나씩 가져온 거야?"

그러니까 시슐루들이 머리를 긁적이면서,

"그런 건가요? 몰랐어요."

"우리를 다 불러놓고 말씀하셔서 각자 가져오라는 줄 알았죠."

그때 한 아이가 말했어요.

"근데 잘된 일이잖아요? 두고두고 쓰시면 되죠!"

그러자 아이들이 다들 맞다면서 박수를 쳐요. 그 말대로 구루는 평생 바늘 걱정을 안 하고 살았답니다.

이제 마지막 같네요.

어느 날, 열세 명의 시슐루가 물가를 찾아갔어요. 물 건너편에 행사가 있어서 건너가야 했지요. 그런데 다리도 없고 배도 없는 거예요. 아이들은 호수를 바라보면서 소리쳤어요.

"여봐라, 우리를 저쪽 편으로 건네주거라."

아이들은 배운 대로 하잖아? 그게 스승님이 자기들에게 말하듯이 강물에 대고 말하는 거예요.

"어허! 빨리 우리를 건네주지 못할까!"

하지만 물은 아무 말도 없지요.

"얘가 좀 맞아야 정신을 차리겠군!"

인도에서는 아이들이 말을 안 들으면 대나무로 만든 회초리로 종아리를 때려요. 물이 말을 안 들으니까 아이들은 가서 대나무를 잘라 왔답니다. 강물이 넓으니까 대나무도 크고 길쭉한 걸로 가져왔어요. 그걸 가지고 강물을 철썩철썩 때리는 거예요.

"여봐라, 이래도 말을 안 들을 거냐?"

그게 한 명만 그러는 게 아니에요. 열세 명이 제각각 대나무를 잘라 와서 강물을 찰싹찰싹.

"안 되겠다. 더 호되게 맞아야겠어!"

더 큰 대나무를 가져다가 찰싹찰싹! 아무리 그래 봤자 강물이 말을 들을 리가 없지요.

"하여튼 말을 죽어라 안 듣는다니까!"

그러면서 아이들은 물에다 대나무를 던져두고 되돌아섰어요.

근데 조금 있으니까 물 건너편에 사는 사람들이 다가오지 뭐예요. 어찌 된 일인가 했더니, 물위에 쭉 놓여 있는 대나무를 밟고서 건너온 거예요. 그게 다리 구실을 한 거지요. 그 대나무들을 줄로 잘 엮으니까 제법 튼튼한 다리가 됐답니다. 아이들은 그걸 밟고서 건너편으로 갔어요.

"역시 혼쭐이 나야 정신을 차리는 법이야."

이러면서 말이지요.

이야기에 대한 이야기

 연이 퉁이 이반 뀨 아재 로테 이모 뭉이쌤 약손할배

퉁이 할아버지, 너무 재밌어요. 혹시 이거 경험한 거 아니세요? 전생에 구루셨던 거 맞죠?

약손할배 그럴지도. 태어날 때부터 알고 있던 이야기니까 말야.

뀨 아재 전생에 저하고 함께 살았던 걸까요? 하하.

연이 제 생각에 두 분은 구루가 아니고 시슐루들이세요.

뀨 아재 오오, 땡큐! 내 마음은 늘 열두 살이야. 하하.

로테 이모 나이를 잊게 하는 게 옛날이야기의 매력이죠. 옛날 사람 기준으로는 우리 모두 까마득한 어린애들일 거예요.

이반 하하. 로테 이모님까지! 제가 놀라는 게, 옛이야기 좋아하시는 분들은 마음이 젊으시더라고요.

뭉이쌤 마음에 거침이 없이 순수하면 젊을 수밖에. 일도 다 잘 풀리기 마련이지. 이야기 속에서 구루하고 시슐루들이 어떻게 행동해도 잘 풀리는 게 그 때문일 거야.

연이 오, 반전이에요! 그것도 큰 지혜였네요. 저는 그냥 엉뚱하고 재미있다고만 생각했거든요.

뀨 아재 재미있는 것이 곧 지혜로운 것!

연이·퉁이 하하하.

149

storytelling time
나도 이야기꾼

기본 스토리텔링

이번 스테이지에서 만난 이야기 중 가장 마음에 드는 것을 골라서 다음과 같은 단계로 스토리텔링 활동을 해보자.

step 1: 책에 쓰인 그대로 이야기를 소리 내어 읽는다.

step 2: 책에 쓰인 그대로 이야기를 소리 내어 읽되, 가상의 청자에게 말해주듯이 읽는다.

step 3: 청자에게 이야기를 전달하되, 틈틈이 책을 참고한다.

step 4: 청자에게 이야기를 전달하되, 책을 참고하지 않는다.

step 5: 청자에게 이야기를 전달하되, 표현과 내용을 조금씩 자신의 방식대로 바꿔본다.

step 6: 완전히 내 것이 된 이야기를 구연 환경과 청자의 성향에 맞춰 내용과 표현을 자유자재로 조절하며 전달한다.

이야기별 재창작 스토리텔링

다음은 이번 스테이지에서 만난 이야기들에 대한 활동거리이다. 이 중 하나 이상을 골라 스토리텔링 활동을 해보자.

<어두운 밤의 파수꾼>

① **노래 가사 쓰기:** 카피아나 왕을 화자로 삼아서 밤에 겪은 일과 느낌을 생생하게 담은 랩이나 노래 가사, 또는 한 편의 시를 써보자.

<곤궁아주머니의 배나무>

② **인물 캐릭터 바꾸기:** 이야기 속 어머니와 자식에게 '곤궁'과 '배고픔'이 아닌 다른 상징적인 이름을 붙이고, 거기에 맞추어 이야기를 재구성해 보자. 부유, 사랑, 기쁨, 슬픔, 분노, 전쟁, 평화 등 어느 것이든 좋다.

<의사와 저승사자>

③ **이야기를 나와 연결시키기:** 만약 나에게 지금 마지막 5분이 주어진다면 그 시간에 무엇을 할지 이야기해 보자.

<불운을 상대하는 법>

④ **작중인물에 대해 토론하기:** 이야기 속의 형이 좋은 사람이라고 할 수 없음에도 불운을 떨쳐내고 잘 살게 된 일에 대해서 그것이 이치에 맞는 일인지 토론해 보자.

<사제와 교회지기>

⑤ **뒷이야기 만들기:** 교회지기가 된 사제에게는 그 뒤에 어떤 일이 있었을지, 어떻게 살다가 죽었을지 상상해서 이야기해 보자.

<머리카락이 먼저 세는 이유>

⑥ **마음에 들게 다시 쓰기:** 이 이야기 속에 마음에 안 드는 부분이나 부족하다고 생각되는 부분을 자유롭게 바꿔서 이야기를 재구성해 보자.

<너그러운 왕과 지혜로운 소녀>

⑦ **화소 바꾸기:** 이야기의 구조를 그대로 살리되, 세 사람이 왕에게 요구한 사항과 그에 대한 소녀의 답변을 다른 것으로 바꿔보자. 단, 동물이나 사물의 유래담과 연결되도록 한다.

<개구장이 시슐루 이야기>

⑧ **전생 이야기 상상하기:** 인도에서는 현생의 일이 전생의 인연에 의한 것이라고 한다. 구루 부부와 열세 시슐루의 전생 사연을 상상해서 이야기해 보자.

이야기 연계 스토리텔링

1. 이 스테이지에 있는 여러 이야기 속의 반전들 가운데 가장 인상 깊었던 것을 골라서 그 이유를 발표해 보자. 발표 내용에 남다른 생각의 힘과 멋진 반전이 담길 수 있도록 한다.

2. 다음 인물들 가운데 한 명을 골라 〈어두운 밤의 파수꾼〉에 나오는 요상한 것들을 만났으면 어떻게 했을지 이야기해 보자.
   (1) 곤궁아주머니 (2) 젊은 의사 (3) 교회지기 (4) 지혜로운 소녀

3. 다음 인물들을 동시에 등장시켜서 하나의 새로운 이야기를 만들어보자.
   (1) 곤궁아주머니 (2) 저승사자 (3) 불운 (4) 열세 시슐루

4. 이 외에 이야기들을 흥미롭게 연계할 수 있는 여러 가지 방법을 찾아보고, 이를 토대로 다양한 스토리텔링 활동을 해보자.

지혜와
반지혜 사이

연이예요. 이번 이야기판도 제가 열게 됐어요. 주제는 지혜와 반지혜예요. 진

짜 지혜와 가짜 지혜라고 해도 좋겠어요. 지혜로운 사람은 다른 이들의 실수

나 잘못을 보면서 배운다고 하잖아요? 그런 교훈을 주는 설화들이 많은 것 같

아요. 그 중에 한 가지 생각난 걸 들려드릴게요. 짧은 이야기로요.

아이와 물고기

✳

그리스 전설

옛날 옛적에 나이가 많은 부모님과 함께 사는 아이가 있었어요. 집이 아주 가난해서 먹고살기가 어려웠어요. 늙은 아버지가 낚아 오는 물고기로 겨우 끼니를 때웠답니다. 부모님은 가난하게 살면서도 아이에게 공부를 시켰어요. 자식은 다르게 살게 하려고요.

그러던 어느 날, 아버지가 병들어서 돌아가셨답니다. 생계를 책임졌던 가장이 사라지니까 앞이 캄캄했죠. 아이가 말했어요.

"어머니, 제가 아버지 대신 낚시를 해서 물고기를 잡겠어요."

어머니는 아이가 공부를 계속하길 바랐지만 아이의 뜻을 꺾을 수 없었답니다. 아이는 아버지가 쓰던 낚시 도구를 챙겨서 바다로 나갔죠. 낚시로 고기를 잡는 건 쉽지 않았어요. 아이는 한참 만에 겨우 물고기를 한 마리 잡을 수 있었어요. 그런데 물고기가 이렇게 말하지 뭐예요.

"보세요. 내가 이렇게 몸이 작고 안에는 뼈만 가득해요. 나를 가져가 봐야 먹을 것도 없답니다. 나를 놓아줬다가 크게 자라면 그

때 잡아가세요. 내 이름을 부르면 바로 나올게요."

"네 이름이 뭔데?"

"내 이름은 '생각'이에요."

아이는 그 물고기를 바다에 놓아줬어요. 그리고 낚시를 계속했
죠. 그는 다시 한참 고생한 끝에 또 다른 물고기를 낚았습니다. 그
물고기가 또 같은 말을 했어요.

"나는 지금 몸이 작고 뼈만 많아서 먹을 게 없답니다. 내가 크게
자라나면 그때 잡아가세요. 내 이름을 부르면 나올게요."

"네 이름이 뭔데?"

"내 이름은 '지혜'랍니다."

아이는 그 물고기를 바다에 놓아주고서 낚시를 계속했어요. 한
참 만에 아이는 또 다른 물고기를 낚았습니다. 그 물고기도 같은
말을 했어요.

"나를 놔주셨다가 크게 자라나면 그때 잡아가세요. 이름을 부르
면 나올게요."

"네 이름이 뭔데?"

"내 이름은 '꼬챙이'예요."

아이는 그 물고기도 바다에 놓아줬어요. 그러고서 낚시를 계속
했지만 더 잡을 순 없었죠. 날이 어둬져서 그냥 돌아오니까 어머
니가 물었어요.

"잡은 물고기는 어디 있니?"

"물고기 세 마리를 잡았는데 아직 작아서 그냥 놓아줬어요. 나

중에 걔들이 크면 잡으려고요."

그 뒤로 여러 날이 지나갔어요. 아이 생각에 물고기들이 충분히 클 만한 시간이었죠. 아이는 바다로 가서 전에 놓아준 물고기 이름을 불렀습니다.

"생각아, 내가 왔어. 어서 나와."

그러자 물속에서 말소리가 들려왔어요.

"너에게 생각이라는 게 있었으면 나를 놓아주지 않았겠지. 나는 더 이상 네 것이 아니야."

그러면서 생각은 멀리 사라졌어요. 아이는 두 번째 물고기를 불렀죠.

"지혜야, 지혜야, 어디 있니?"

그러자 지혜가 물속에서 말했어요.

"너에게 지혜가 있었다면 나를 놓아주지 않았겠지. 너하고는 볼 일이 없어."

그렇게 사라지자 아이는 세 번째 물고기를 불렀죠.

"꼬챙이야, 꼬챙이야, 이리 와."

그러자 물속에서 꼬챙이의 말이 들려왔어요.

"꼬챙이는 네 코에나 꽂으렴."

결국 아이는 물고기를 하나도 잡을 수 없었답니다.

그 뒤로 아이는 물고기를 잡으면 그냥 놔주지 않고 가져와서 요리해 먹었대요. 작은 물고기는 클 때까지 집에서 키웠고요.

이야기에 대한 이야기

연이　　　통이　　　엄지　　　세라　　　뭉이쌤

통이 이건 뭐지? 좀 알쏭달쏭하다. 깊은 뜻이 있는 걸까? 잡은 물고기를 그냥 놔주지 말라는 뜻은 아니겠고…….

뭉이쌤 잡은 물고기가 생각과 지혜와 꼬챙이라는 걸 잘 생각해 보렴.

통이 그래서 더 어려운 것 같아요.

뭉이쌤 생각이나 지혜를 바다에 흘려보낸 상황을 생각하면 어떨까? 그걸 되찾을 수 있겠니?

통이 그건 어렵겠죠. 아하, 생각이나 지혜도 그런 건가요? 떠올랐을 때 잡아두지 않으면 잃어버린다는 뜻?

세라 그러네. 나도 이제야 깨달았어. 좋은 아이디어가 있는데 잘 갈무리하지 않고 묵혀뒀다가 까맣게 잊어버리는 경우가 많거든. 다른 사람이 가져가서 써먹는 경우도 있고.

엄지 이게 아이디어 관리법에 대한 이야기였던 거네요. 참신하다!

통이 그럼 꼬챙이는 뭐지?

세라 꼬챙이는 뭔가를 꿰는 거잖아? 생각과 지혜들을 연결하는 고리 같은 거 아닐까?

엄지 와, 그 해석 멋져요!

통이 연이는 이런 뜻을 다 이해하고서 얘기를 한 거야? 아니지?

뭉이쌤 하하. 연이가 작은 물고기를 집으로 가져와서 키웠다고 말한 걸 기억해 봐.

뚱이   앗! 그건 아이디어를 잘 챙겨서 키운다는 뜻이었나요? 연이 너
               천재 아냐?

연이   이런 이야기를 만들어낸 사람이 천재겠지. 나는 그걸 낚아서 키
               울 뿐!

세라   하하. 그렇게 말하는 거 보니까 천재 맞네!

뭉이쌤   자, 그럼 또 다른 지혜를 낚으러 가볼까? 꼬챙이도 좋고. 누가?

세라   제가 한번 낚아볼게요.

세라

내가 들려줄 이야기는 이스라엘에서 전해온 아주 짧은 민담이야. 앞서 연이
가 한 이야기와 결이 좀 비슷한데, 여기도 동물과 인간이 등장해. 어떤 지혜가
담겨 있는지 잘 들어봐.

지혜로운 새와 사냥꾼

*

이스라엘 민담

옛날에 어떤 사냥꾼이 새를 한 마리 잡았어. 그런데 그게 보통 새가 아니었지 뭐니. 일흔 가지 언어를 듣고 말할 수 있는 특별한 새였던 거야. 새는 자기를 붙잡은 사람에게 그가 쓰는 언어로 말을 건넸어.

"저를 놓아주세요. 그러면 당신에게 세 가지 귀한 교훈을 드리겠어요."

"교훈을 먼저 말하면 놓아주지."

"그 약속을 지킬 것을 엄숙히 맹세해 주세요."

그러자 사냥꾼은 단단히 맹세를 했어. 대체 어떤 내용인지 궁금해서 참을 수가 없었지.

"잘 듣고 마음 깊이 새기세요. 첫째, 이미 일어난 일을 절대로 후회하지 마세요. 둘째, 못 믿을 일을 공연히 믿지 마세요. 셋째, 얻을 수 없는 것을 얻으려고 애쓰지 마세요. 이상입니다. 이제 저를 풀어주세요."

사냥꾼은 약속대로 새를 놓아줬어. 그러자 새가 펄펄 날아서 높은 나뭇가지 위에 올라앉더니 그 사냥꾼을 조롱하는 거야.

"당신은 바보 천치로군요. 내 몸 속에 엄청난 보석이 들어 있다는 걸 모르고 그냥 풀어주다니 말예요."

그 말을 들으니까 사냥꾼이 아차 싶지 뭐니. 그는 놓아준 새를 잡으려고 나무를 올라가기 시작했어. 하지만 높은 가지에 앉아 있는 새를 어떻게 잡겠어? 괜히 무리하다가 손을 놓치고 바닥으로 떨어져서 뼈가 부러졌단다. 누워서 신음하는 사냥꾼을 향해서 새가 말했어.

"이래서 어리석은 사람에게는 지혜를 줘도 소용이 없죠. 당신은 내가 준 세 가지 교훈을 금방 다 어겼어요. 나를 풀어주고 나서 그 일을 후회함으로써 첫 번째 교훈을 어겼죠. 두 번째, 믿을 수 없는 걸 공연히 믿지 말라고 했는데, 내 몸 속에 엄청난 보석이 있다는 허황된 말을 믿었습니다. 그리고 날개도 없으면서 나무에 앉은 새를 잡으려 했죠. 얻을 수 없는 것을 얻으려고 애쓰지 말라는 세 번째 교훈을 어긴 거예요. 당신이 그렇게 누워 있는 건 온전히 자기 탓입니다. 아무쪼록 다시는 이런 어리석음을 범하지 마시길!"

말을 마친 새는 하늘로 훨훨 날아가 버렸단다.

이야기에 대한 이야기

연이   통이   엄지   세라   로테 이모   뭉이쌤   동이

연이   세라 언니, 놀랐어요. 나도 진짜로 새의 몸 속에 보석이 있는 줄 알았잖아요.

통이   마지막에 새가 한 말에 계속 찔렸어. 나도 사냥꾼처럼 했을 거야. 아, 뼈아프다.

뭉이쌤   배운 걸 몸에 새겨서 실천하는 게 이렇게 어려운 법이란다.

엄지   사냥꾼이 그 교훈을 깊이 새기면서 살았으면 좋겠어요.

로테 이모   내 생각에는 새의 몸속에 진짜로 보석이 있었던 것 같아. 지혜라는 보석!

세라   듣고 보니 그러네요. 나눠줘도 사라지지 않는 보석! 그걸 받고도 몰랐으니 역시나 사냥꾼은 바보였어요.

통이   근데 누나, 누나가 꼬챙이 낚은 거 알아?

세라   그게 무슨 말이야?

통이   누나의 이야기가 연이 이야기하고 잘 꿰어지니까 꼬챙이 맞잖아?

세라   말 되네. 이렇게 생각이 또 하나 낚이는군. 이어서 낚시질 계속하실 분?

동이   낚시질이라면 또 내가 빠질 수 없지. 하하.

동이

안녕! 이야기하는 당나귀 동이야. 동키하고 사촌 격이지. 태국의 벌판을 달리
다가 들은 이야기를 들려줄게. 그곳 사람들은 실제로 있었던 일처럼 얘기하더
군. 그럴 수도 있고, 아닐 수도 있어. 그런 거지 뭐.

쿨라족이 흐느끼던 벌판

✳

태국 전설

옛날, 태국의 한 마을에 쿨라족 출신의 상인이 살았어. 도시에서
물건을 떼다가 시골에 파는 게 그 사람 일이야. 뭐 대단한 물건들
은 아냐. 여자들이 사용하는 장신구나 살림 도구 같은 것들이지.
방물장수쯤 되려나?

역마살이라고 들어봤나 몰라. 여기저기 떠돌아다녀야 직성이
풀리는 사람 있잖아? 이 상인이 꼭 그래. 바람 닿는 대로 구름 가
는 대로 마음껏 흘러다녔지. 나무 아래에서도 자고, 바위 밑에서
도 자고, 그런 식이야. 따뜻한 나라니까 얼어 죽을 걱정은 없지.

어느 날, 그는 벌판 옆에 있는 마을에 묵게 됐어. 처음 와보는
곳이었지. 다음 날은 어디로? 벌판으로! 이 친구가 혼자서 들판을
걷는 걸 좋아했거든.

"저 벌판을 지나서 다음 마을까지 가려면 얼마나 걸릴까요?"

그러자 마을 사람들이 말했어.

"혼자 걸어서 가시게? 쉽지 않을 텐데. 며칠은 걸릴 겁니다."

"그렇군요. 감사합니다."

대답은 이렇게 했지만 속생각은 달라. 이 사람이 계속 돌아다니면서 살아서 걷는 데는 자신 있었거든. 하루에 100리 넘게 걸은 적도 여러 번이야.

'다른 사람들이 며칠이라면 나한테는 하루면 충분해. 한나절이면 될지도 모르지. 늘 그랬잖아?'

그는 룰루랄라 콧노래까지 부르면서 벌판으로 들어섰어. 물과 음식도 조금만 준비하고서 말이지. 경험상 많이 가지고 가봐야 짐만 된다는 걸 알았거든.

몇 시간은 좋았어. 상쾌하게 잘 나아갔지. 근데 중간에서부터 땅이 바뀌지 뭐야. 모래가 두텁게 깔려서 걸음을 떼기가 어려워. 신발에도 자꾸 모래가 들어오지. 게다가 키 작은 덩굴나무들이 왜 그리 많은가 몰라. 걔들이 자꾸 앞길을 막으면서 다리에 달라붙는 거야. 어느덧 오후가 되니까 해가 쨍쨍! 어디 가서 쉬려고 해도 그늘이 하나도 안 보여.

그 사람은 오도 가도 못하는 신세가 됐어. 사방 어디를 봐도 덩굴나무가 가득한 모래벌판이야. 돌아가기에는 너무 많이 왔고 다음 마을은 나올 생각도 안 하는데 물과 음식은 이미 떨어진 상태니 큰일이지. 무엇보다도 목마른 걸 참을 수가 없는 거야.

그 사람은 더 이상 서 있지 못하고 자리에 주저앉았어. 그러고는 엉엉 흐느껴 울기 시작했단다.

"아이고! 아이고! 내가 왜 그랬을까! 아이고!"

그렇게 한참을 혼자 울다가 지쳐서 쓰러지려는 순간, 누군가가 그에게로 다가왔단다. 동네 사람 하나가 말을 타고 가다가 이 사람을 발견한 거야. 그는 상인을 부축해서 말에 태우고 그가 전날 묵었던 마을로 왔어. 사람들이 이게 어찌 된 일인가 싶지. 상인이 말했어.

"제가 제대로 준비도 안 하고서 겁도 없이 벌판을 건너려 했지 뭐예요. 거기 앉아서 평생 동안 울 거를 다 울었어요."

그 사람이 쿨라족이라고 했잖아? 그래서 사람들은 그 벌판을 '쿨라족이 흐느끼던 벌판'으로 부르게 됐대. 지금도 태국에 가면 이 벌판이 있어. 내가 조금 들어가 봤는데, 정말로 사람 잡을 만하더라고. 어쩌면 당나귀도. 내가 식겁해서 그냥 돌아 나왔지 뭐야. 끝!

이야기에 대한 이야기

연이   통이   세라   로테 이모   뭉이쌤   동이

통이   이 이야기도 꼬챙이로 꿰어지네. 뼈아픈 후회가 나오니까.

동이   피가 되고 살이 되는 귀한 경험이었겠지. 그래서 함부로 장담하면 안 되는 거야.

뭉이쌤   이 이야기는 나를 위한 것 같군. 내가 걷는 데는 자신 있다고 생각해서 종종 무리할 때가 있거든.

세라   지혜의 가장 큰 적 가운데 하나가 오만인 것 같아요. 자신감은 좋은 거지만 오만은 곤란하겠죠.

로테 이모   문제는 자신감과 오만을 구별하기 어렵다는 점이야. 그걸 잘 구별할 수 있으면 좋을 텐데.

연이   쌤, 거기 어떤 기준이나 요령이 있을까요?

뭉이쌤   글쎄. 필요한 정보가 있는 일은 자신감 있게 진행하고, 잘 모르는 일에 대해서는 신중해야 하지 않을까?

세라   아하, 그러네요! 처음 가는 벌판을 쉽게 생각한 게 문제였어요.

통이   어려움을 겪더라도 여행은 안 가본 데를 새롭게 가는 게 맛 아닐까요? 이야기도 마찬가지고요. 그런 의미에서 제가 이야기 하나 해볼게요. 다들 모르실 만한 것으로요. 아프리카의 민담이에요.

말하는 해골

*

앙골라 민담

옛날에 한 남자가 여행을 떠났습니다. 그는 길을 가다가 해골을 발견했어요. 해골은 길 한복판에 덩그러니 놓여 있었죠. 사람들은 다 해골을 피해서 지나가고 있었어요. 하지만 이 남자는 달랐어요. 해골에게 다가가서 지팡이로 툭툭 치면서 말했습니다.

"어리석음이 너를 죽였구나."

그랬더니 해골이 그에게 말을 하지 뭐예요.

"어리석음이 나를 죽였지. 하지만 현명함이 너를 죽일 것이다."

해골이 말을 하니까 이 남자가 깜짝 놀라죠.

"해골이 말을 하다니! 아주 불길한 징조군. 돌아가는 게 낫겠어."

그는 가던 길을 되돌아서 마을로 돌아왔어요. 그리고 촌장을 찾아갔습니다.

"촌장 어른, 불길한 징조입니다."

"그게 무슨 말인가?"

"길바닥에 있는 해골이 저에게 말을 했어요!"

그러니까 사람들이 다들 코웃음을 치죠.

"그게 무슨 소리요? 우리가 늘 그 길을 지나다녔지만 해골이 말하는 걸 들어본 사람은 아무도 없소. 이건 뭐, 말이 되는 소리를 해야지!"

그러자 남자가 말했습니다.

"거짓말이 아니에요. 함께 가봅시다. 내가 지팡이로 건드릴 때 해골이 말을 안 하면 내 목을 치셔도 좋소."

그러자 사람들은 속는 셈치고서 해골이 있는 곳으로 갔어요. 남자가 지팡이로 해골을 두드리면서 말했죠.

"어리석음이 너를 죽였구나."

그런데 아무 반응이 없지 뭐예요.

"어리석음이 너를 죽였구나."

다시 두드리면서 말을 걸었지만 해골은 조용했습니다. 세 번 네 번 해도 마찬가지였어요. 그러자 마을 사람들이 나서더니,

"불길한 징조라고? 어디서 굴러온 개뼈다귀 같은 녀석이 괜한 유언비어를 퍼뜨려?"

그러면서 사람들은 남자의 목을 쳐버렸어요. 그는 그대로 쓰러졌죠.

마을 사람들이 돌아가자 해골이 입을 열어서 말했습니다.

"어리석음이 나를 죽였지. 하지만 현명함이 너를 죽일 것이다."

그 소리를 꿈결처럼 들으면서 남자의 의식은 사라져갔습니다.

이야기에 대한 이야기

 연이 퉁이 엄지 이반 세라 뀨 아재 로테 이모 뭉이쌤

연이 오빠! 나 조금 소름 돋았어. 무섭다!

이반 그러게. 역시 사람은 함부로 호언장담을 하는 게 아냐.

퉁이 하하. 나도 꼬챙이 낚은 거 맞지? 앞 이야기하고 꿰어지잖아?

연이 그래. 잘 연결되네.

엄지 하지만 느낌이 조금 다르기는 해. 왠지 이 사람은 좀 억울할 것
        같아. 아주 허튼 말은 아니었잖아?

퉁이 나도 처음엔 그렇게 생각했어. 근데 다시 보니까 이 사람이 자기
        랑 상관없는 일에 끼어들어서 괜히 잘난 척을 하면서 나댄 거 같
        더라고. 불길한 징조라는 것도 이 사람이 만든 말이잖아? 목을
        치라는 것도 자기가 한 말이고.

엄지 음, 그렇기는 하네.

뀨 아재 그걸 어른들은 괜한 오지랖이라고 하지.

세라 필요한 관심과 괜한 오지랖을 구분하는 것도 어려운 일인 것 같
        네요.

뭉이쌤 이 남자가 처음부터 해골을 보고 어리석다고 규정하잖아요? 그
        것부터가 오만이라고 볼 수 있어요. 자기는 그와 달리 잘났다는
        말이잖아요.

세라 그러네요. 그건 따뜻한 관심과는 거리가 먼 행동이었어요.

173

연이	지팡이로 툭툭 때린 것도 마음에 안 들어요. 따지자면 그 해골이
	더 어른일 텐데.
퉁이	구석구석에서 얘깃거리가 나오네요. 신기하다.
뀨 아재	하하. 해골이 말하는 격?
세라	지금 옛날이야기가 해골이라고 하신 거예요? 그건 좀 오버 같다.
	하하.
로테 이모	내 생각엔 꽤 어울리는걸. 요상하고 재미있으니까.
엄지	이제 제가 이야기 하나 해볼게요. 재미는 모르겠지만 조금 요상
	한 걸로요.

엄지

제가 들려드릴 이야기는 인도에서 전해온 이야기입니다. 인도에는 수도하는
사람들도 많고 수염이 긴 사람들도 많잖아요? 그와 관련되는 짧막하지만 임
팩트 있는 이야기예요.

현자의 수염

*

인도 민담

옛날에 인도의 한 마을에 이름 높은 현자가 살았어요. 그에게는 길고 멋진 수염이 있었어요. 지혜가 필요할 때면 손으로 수염을 한번 쭉 쓸어내리곤 했죠. 수염에 무척 자부심이 많았어요.

어느 날, 현자는 촛불을 켜놓고서 오래된 책을 읽고 있었습니다. 최고의 지혜가 담겨 있는 귀한 책이었죠. 그는 책을 읽어나가다가 한 대목에서 딱 멈췄어요. 눈이 둥그레졌습니다.

보통 바보 같은 사람들이 수염을 길게 기르는 법이다.

책에 이렇게 써 있었던 거예요. 현자는 당황해서 수염을 만져봤어요. 이게 참 이상하죠. 조금 전까지 큰 자랑이었던 수염이 갑자기 흉하게 생각되는 거예요. 감촉도 거친 것 같고요.

'그동안 사람들은 이 수염을 보면서 속으로 손가락질하며 비웃고 있었던 거야. 겉으로는 떠받드는 척하면서 말이지. 아아, 이럴

수가!'

그러면서 현자는 머리를 쥐어뜯었어요. 수염을 붙잡고서 마구
흔들었죠. 자꾸만 얼굴이 화끈거리는 걸 참을 수 없었답니다.

그때 현자의 눈에 촛불이 들어왔어요. 그는 촛불을 자기 수염에
갖다 댔습니다. 바보의 상징인 긴 수염을 태워버리려고 한 거죠.
불이 턱으로 다가왔지만 현자는 끄지 않았습니다. 수염을 깨끗이
태워야 하니까요.

잠시 후 불은 수염을 다 태우고서 눈썹과 머리카락에 옮겨붙었어
요. 결국 다 타버렸죠. 그는 수염 없는 사람이 됐지만, 죽은 사람이
되고 말았습니다. 그는 죽어가면서 이렇게 혼잣말을 했다고 해요.

"그 말이 맞았어. 수염이 긴 사람은 정말로 바보야."

연이   통이   엄지   세라   뀨 아재   뭉이쌤

연이   엄지야, 이거 조금 무섭다.

통이   마지막 대목에서 깜짝! 그 사람은 진짜로 바보였어. 수염 때문이었나?

세라   자기가 자랑스럽게 여겼던 게 흉이 될 수 있다고 생각하면 충격이긴 했을 거야.

뭉이쌤   조금 돌려서 풀이하면, 그동안 자신의 지혜라고 생각했던 게 사실 헛것이었던 상황으로 볼 수 있어요. 사실 나도 종종 하는 경험이랍니다.

통이   그러고 보니까 쌤도 수염이……. 태우지 마세요. 멋지니까 밀지도 마시고요.

뭉이쌤   하하, 고마워. 하지만 내가 판단해서 결정하겠음.

세라   그 말씀은, 이야기 속 현자가 자기 중심을 못 잡고 남의 말과 시선에 휘둘린 게 문제라는 뜻이시죠?

뭉이쌤   네. 사실 잃을 게 많은 사람이 세상의 평판에 더 크게 흔들리는 경우가 많아요. 현자가 수염을 태운 일이 엉터리라고 볼 일이 아니죠.

엄지   저는 이 이야기를 들으면서 바보짓을 해놓고서 후회하는 바보가 되지 않겠다고 생각했어요.

퉁이	오오. 이 이야기도 그렇게 앞의 이야기들하고 꿰어지네.
뀨 아재	그렇다면 그 꼬챙이에 나도 말하는 해골 하나 꿰어볼까? 하하.
퉁이	요상하고 재미있는 걸로요!
뀨 아재	오케이. 생각 많은 해골로 가볼게.

뀨 아재

그림 형제 민담집에 실려 있는 이야기 하나 들려줄게. 요상하고 웃긴 이야기지

만, 다 듣고 나면 뭔가 자신을 한번 돌아보게 되는 내용이야. 자, 집중해서 잘

들어보라구!

영리한 엘제

*

독일 민담

옛날에 어떤 사람에게 '영리한 엘제'라고 불리는 딸이 있었어. 이름은 엘제인데 워낙 영리해서 다들 그렇게 불렀지. 얼마나 영리하냐면 골목에 바람이 부는 모습을 볼 수 있고 파리가 기침하는 소리를 들을 수 있을 정도야.

그 엘제가 커서 아가씨가 되니까 여기저기 소문이 나지. 영리한 처녀가 있다고 말야. 이웃 마을에서 한스라는 젊은이가 찾아와서 엘제의 부모에게 말했어.

"따님에게 청혼하러 왔습니다. 소문대로 정말 영리하다면 아내로 삼고 싶어요."

보니까 잘생긴 젊은이야. 들어보니 땅도 많은 부자인 거라. 한 마디로 괜찮은 신랑감이지. 엘제 아버지가 자랑스레 말했어.

"영리하다뿐인가. 어느 정도냐면 골목에 바람이 부는 모습을 보고 파리가 기침하는 소리를 듣는 정도라오."

"그렇군요. 어떤 식인지 한번 직접 보고 싶네요."

그때 엄마가 엘제를 불러서 말했어.

"애야, 손님이 오셨으니 지하실에 가서 맥주를 좀 따라 와."

영리한 엘제는 맥주를 담을 그릇을 꺼내서 지하실로 내려갔어. 그냥 가면 심심하잖아? 흘러가는 시간도 아깝고 말야. 얘가 그릇 뚜껑을 딱딱딱 두드리면서 내려가는 거라. 지하실에 커다란 맥주 통이 있는데, 맥주를 따르려면 허리를 숙이고 꼭지를 돌려서 열어야 해. 거기서 허리를 숙이고 맥주를 따르면 영리한 엘제가 아니지! 엘제는 구석에 있는 의자를 옮겨다가 맥주통 아래쪽에다 놓고서 그 위에 그릇을 올려놨어. 그러고서 통에 달린 꼭지를 비트니까 맥주가 졸졸 흘러나와서 그릇에 들어차기 시작하지.

"나 칭찬해! 이렇게 하니까 허리를 안 굽혀도 되고 등도 안 아프잖아? 다칠 염려도 없고 말야. 가만, 어디 좀 보자!"

맥주가 흘러내리는 그 시간을 허투루 넘길 수 없지. 엘제가 눈이 심심하지 않도록 지하실을 이리저리 두리번거리는데, 보니까 머리 위에 곡괭이가 걸려 있지 뭐냐. 일하는 사람이 실수로 거기다 꽂아둔 거야. 엘제가 그걸 보더니 깜짝 놀라서 머리가 파바바박 돌아가는 거라.

"가만! 지금 한스가 청혼하러 왔잖아? 내가 그 사람하고 결혼해서 살다 보면 아이를 낳게 되겠지. 어느 날 그 아이를 데리고 이 집에 올 수 있어. 그때 어른들이 개한테 지하실에 가서 맥주를 가져오라고 시킨 거야. 개가 맥주를 따르려고 이 자리에 섰어. 그때 곡괭이가 툭 떨어져서 아이 머리를 쾅 때려. 그러면 아이는 그대로 쓰러져서 죽겠지. 으아아아, 안 돼! 내 아이가 죽다니!"

엘제는 자리에 털푸덕 주저앉더니 울부짖기 시작하는 거라. 맥주가 그릇을 가득 채우고 흘러넘쳤지만 그건 신경 쓸 일이 아니지. 자식이 죽는데 그게 무슨 대수냐 말야. 흑흑흑, 엉엉엉!

위에서 아무리 기다려도 엘제가 안 오니까 이상하지. 부모는 하녀를 지하실로 내려보냈어. 하녀가 와보니까 그 모양이지 뭐야. 어찌 된 일이냐고 물으니까 엘제가 그 얘기를 다 하는 거라. 아이가 곡괭이에 맞아서 죽게 됐으니 어쩌냐고 말이지. 하녀가 그 말을 듣더니만,

"세상에! 이렇게 영리할 수가! 어린아이 불쌍해서 어떡해!"

이러면서 함께 퍼질러 앉아서 우는 거야.

딸을 데리러 간 하녀도 안 오니까 이상해서 어머니가 내려오고 또 아버지가 내려왔어. 엘제가 아이가 죽게 된 사정을 말하니까 어머니 아버지도 감탄하면서,

"세상에! 이렇게 영리할 수가! 우리 손주 어떡해!"

이러면서 함께 퍼질러 앉아서 우는 거야.

그때 한스가 위에 혼자 있는데, 어찌 된 일인지 내려가는 사람마다 함흥차사지 뭐야. 기다리다 못해서 직접 지하실로 가보니까 다들 바닥에 주저앉아서 엉엉 울고 있네.

"웬일이에요? 무슨 사고라도 있나요?"

그러자 엘제가 주먹으로 눈물을 닦으면서 말했어.

"아, 너무 끔찍해요. 들어보세요. 우리가 결혼해서 살다 보면 아

이를 낳겠죠? 어느 날 그 아이를 데리고 이 집에 온 거예요. 그때 어른들이 개한테 지하실에 가서 맥주를 가져오라고 시켰어요. 아이가 맥주를 따르면서 여기 서 있는데, 곡괭이가 툭 떨어져서 머리를 깨뜨린단 말예요. 그러면 꼼짝없이 죽잖아요. 어떻게 울지 않을 수 있겠어요? 엉엉엉!"

한스가 그 말을 듣더니만,

"역시 소문대로였군! 결혼해서 살아가는 데 이만큼 영리하고 사려 깊은 사람은 다시없을 거요. 나의 영리한 엘제, 당신과 결혼하겠어요!"

그래서 영리한 엘제는 한스와 결혼해서 함께 살게 됐지. 어느 날 엘제에게 한스가 말했어.

"나는 밖에 가서 일을 보고 올 테니까 당신은 밭에 가서 빵을 만들 곡식을 베어 와요."

그래서 엘제는 밭에 나가게 됐어. 일을 하다 보면 배가 고플 수 있잖아? 엘제는 맛있는 죽을 잘 챙겨가지고 갔지. 다른 사람이 자기를 보게 될지도 모르니까 화장을 잘 하고 옷도 곱게 챙겨 입었어.

엘제가 밭에 도착해서 곡식 베는 일을 시작하려는데, 이게 좀 애매해. 배가 고픈 것 같기도 하고 아닌 것 같기도 하거든.

"어떻게 할까? 곡식을 먼저 벨까, 죽을 먼저 먹을까? 곡식을 먼저 베야겠지? 아냐! 먼저 먹는 게 맞아. 흠, 아닌가?"

그렇게 한참 고민하다 보니까 배가 고프지 뭐야.

"그래, 죽을 먼저 먹고 나서 일하자."

그래서 죽을 한 그릇 다 먹고 나니까 배가 부르지. 조금 졸린 것 같기도 하고.

"졸음이 오네. 어떻게 할까? 곡식을 먼저 벨까, 아니면 잠을 조금 잘까? 곡식을 먼저 베야겠지? 아냐! 먼저 좀 자두는 게 맞아. 흠, 아닌가?"

그렇게 계속 고민하다 보니까 피곤하지 뭐야.

"그래, 일단 한숨 자고 나서 일하자."

엘제는 풀밭을 이리저리 두드려서 누울 곳을 만들고는 도시락 보따리를 베고 누웠어. 조금 자더라도 편하게 자야지. 근데 너무 편했나 봐. 아니면 많이 피곤했는지도 몰라. 생각을 너무 많이 했으니 말야. 눈을 감은 엘제는 시간 가는 줄 모르고 쿨쿨 잠을 자기 시작했어. 해가 넘어가서 날이 어두워졌는데도 아무것도 몰라.

그때 한스가 일을 마치고 왔는데 집이 비어 있는 거라. 먹을 건 하나도 없지. 한스가 어찌 된 일인가 싶어서 밭으로 와보니까 엘제가 쿨쿨 잠들어 있는 거야. 곡식에는 손도 안 대고서 말이지. 그 모양을 보니까 한스가 기가 막혀.

한스는 집으로 돌아와서 새 잡는 그물을 가지고 가 엘제에게 덮어씌웠어. 작은 종들이 잔뜩 매달려 있는 그물이야. 엘제는 그런 줄도 모르고 계속 쿨쿨 잠을 자지. '안 돼, 곡괭이!' 이렇게 잠꼬대도 하면서 말야. 한스는 엘제를 그렇게 놔두고서 혼자 돌아와 버렸어.

얼마 뒤, 엘제가 눈을 떠보니까 사방이 깜깜하지 뭐야. 깜짝 놀

딸랑 딸랑 딸랑 딸랑 딸랑 딸랑 딸랑 딸랑

라서 일어서니까 그물이 몸을 착 감싸지. 걸음을 옮기려니까 종들이 딸랑딸랑, 딸랑딸랑!

"뭐지? 올 때는 이렇지 않았는데! 나는 누구지? 영리한 엘제 맞아?"

그렇게 한참을 고민하더니만,

"그래, 엘제의 남편인 한스에게 가서 내가 누군지 물어보는 거야. 그럼 알게 되겠지!"

엘제는 그물을 뒤집어쓴 채로 딸랑딸랑 소리를 내면서 집으로 왔어. 그런데 문이 꼭 잠겨 있네. 엘제는 창문을 두드리면서 소리쳤어.

"여보세요, 한스! 안에 엘제가 있나요?"

"그래요. 내가 아는 엘제는 여기 있어요."

그러자 영리한 엘제가 깜짝 놀라서 소리쳤어.

"아아! 그럼 나는 엘제가 아니구나. 나는 누구지?"

엘제는 다른 집을 찾아가서 문을 두드렸지만 딸랑딸랑 시끄러운 소리를 내는 그물 쓴 여자를 위해 문을 열어주는 사람은 없었어. 엘제가 들어가 머물 곳은 없었지. 엘제는 정신없이 소리를 치면서 마을 밖으로 내달렸어.

"아, 나는 누구지? 영리한 엘제는 어디로 간 거야?"

그 뒤로 그 영리한 아가씨를 본 사람은 아무도 없었대.

연이　　　통이　　　엄지　　　세라　　　뀨 아재　　로테 이모　　뭉이쌤

통이　　뀨 아재, 뭐예요? 정말 요상한 이야기네요.

세라　　그러게. 처음에 한참 웃다가 뒤에 아주 뜨끔했어.

로테 이모　마치 한때의 내 모습을 보는 것 같은 느낌. 헛생각을 하느라 인생을 많이 낭비했었지.

통이　　진짜로요? 저는 지금도 그래요. 지난 달만 해도 밤새워 시험공부 하려고 바리바리 책을 싸 들고 독서실에 갔다가 도시락을 까먹고 잠깐 엎드렸는데 눈떠 보니까 아침이더라고요.

연이　　그러고서 나한테 딸랑딸랑 하소연했던 거구나. 들어주기 힘들었다는 것만 알아두셈.

세라　　나도 생각이 많고 종종 똑똑하다는 소리도 듣는데, 앞으로 조심해야겠어. 그게 그물이 되면 곤란하니까. 생각할수록 신기한 블랙 코미디야.

뀨 아재　하하. 너무 깊게 생각하지 말기!

세라　　아, 그런가요? 어느새 또 생각하기를 시작한 건가? 하하.

엄지　　제 생각에는 엘제 주변 사람들이 문제인 것 같아요. 특히 부모님요. 자꾸 잘한다 잘한다 하니까 자기가 진짜로 영리하다고 착각한 거 아닐까요?

뭉이쌤　엄지가 핵심을 콕 짚어냈네. 일이 터진 게 부모 곁을 떠나서잖아?

가까운 사람들의 칭찬에 익숙해져 있다 보면 막상 다른 세상으로 나갔을 때 당황하고 헤맬 수 있지. 그러니까 늘 자기 중심을 잘 잡아야 해.

로테 이모 요즘에도 그런 부모와 자녀들이 아주 많아요. 자기 자식이 최고인 줄로 생각하는 부모와 자기가 세상에서 제일 잘난 걸로 착각하는 아이들요.

연이 맞아요. 제가 잘못하는 거 있으면 마구 지적하고 혼내주세요!

엄지 근데 로테 이모님이 예전에 엘제 같았다고 하셨잖아요? 지금은 아니신데 말예요. 엘제가 그 뒤에 어떻게 됐을지 궁금해요. 자기 삶을 찾아서 잘 살았으면 좋겠어요.

뭉이쌤 그래. 그 뒷이야기는 한번 각자 상상해서 이야기로 만들어보면 좋겠다.

세라 작가 같은 거 했으면 잘하지 않았을까요? 엘제가 상상력이 풍부하니까요.

퉁이 오, 그것도 그럴싸하다. 가만, 이야기꾼도 어울리겠어요.

연이 이야기꾼 엘제? 좋다! 그런 의미에서 제가 짧은 이야기 하나 더 해볼게요. 아아, 제가 엘제라는 뜻은 아녜요.

연이

제가 들려드릴 이야기는 미얀마에서 전해온 우화예요. 전에 재미있게 들었는

데, 영리한 엘제 이야기를 듣다 보니 이 이야기가 떠올랐어요. 그럼 재미있게

들어주세요.

세 동물의 걱정

미얀마 우화

옛날, 어느 숲에 지혜로운 토끼가 살았어요. 토끼는 나무 아래에 조용히 앉아서 세상살이에 대해서 깊이 생각하곤 했죠. 하루는 하늘을 바라보며 길게 한숨을 쉬고 나서 이렇게 말했답니다.

"아아! 이 세상은 갖가지 커다란 위험으로 가득 차 있어. 첫째는 자연재해야. 지진과 산사태, 태풍, 쓰나미…… 도저히 우리 힘으로 감당할 수가 없지. 둘째는 식량 문제야. 언제 굶주림이 세상을 휩쓸지 몰라. 물 부족 문제도 너무나 심각하고 말야. 셋째는 치안 문제야. 세상에 갈수록 도둑이나 강도가 많아져서 활개를 치고 있으니 이 일을 어쩌면 좋단 말인가? 큰일이야, 큰일."

그렇게 한탄하던 토끼는 중요한 약속을 잊고 있었던 걸 알아차리고 급히 걸음을 옮겼어요. 하지만 그가 한 말은 거기 남았죠. 댕기물떼새와 지렁이와 원숭이가 토끼가 말하는 걸 듣고 있었거든요. 그들은 토끼의 말에 큰 감명을 받았어요. 정말로 맞는 말이라고 생각했죠.

댕기물떼새는 자연재해에 대한 말에 사로잡혔어요. 눈물을 흘리며 이렇게 말했죠.

"세상에 자연재해만큼 무서운 건 없지. 아아, 내가 잠을 자고 있을 때 하늘이 떨어져서 나를 덮치면 어떡하지? 깨어 있을 때라면 날아보기라도 하겠지만, 내가 잠잘 때 하늘이 떨어지면 그대로 깔려 죽고 말 거야."

지렁이는 굶주림에 대한 말이 가슴을 파고들었어요.

"토끼 말대로 식량 부족 문제가 심각해. 내 양식인 흙이 부족하게 되면 어떡하지? 그러면 나는 꼼짝없이 죽고 말 거야."

원숭이는 도둑에 대한 말에 사로잡혔어요.

"나에게 가장 가치 있는 재산은 땅이야. 땅 없이는 살 수 없지. 그런데 나는 밤이 되면 자기 위해 나무에 올라가야 해. 내가 땅에서 벗어나서 잠을 잘 때 도둑이 나타나서 땅을 훔쳐 가면 어떡하지? 그러면 나는 더 이상 살아갈 수 없게 될 거야."

걱정의 늪에 빠져버린 세 동물은 거기서 헤어날 수가 없었어요.

그 뒤로 댕기물떼새는 하늘이 떨어지면 몸을 지탱하기 위해서 허공에 두 발을 쳐들고 반듯하게 누워서 잠을 자게 됐대요. 지렁이는 혹시라도 흙이 부족하게 될까 봐 흙을 먹은 다음 다시 토해내기 시작했죠. 원숭이는 나무에서 잠을 자다가 세 번씩 내려와서 땅을 확인하는 버릇을 가지게 됐답니다.

연이　　통이　　엄지　　세라　　뀨 아재　로테 이모　뭉이쌤

통이　이 친구들 동물 엘제들이네. 하하.

연이　그렇지? 괜한 걱정을 하는 것도 우습지만, 그게 동물들의 생태와 연결되는 부분이 재미있었어.

세라　그래, 재미있다. 옛이야기라서 과장은 있지만, 세상에 실제로 이런 사람들이 많아. 괜한 걱정에 빠져서 허우적대는 사람들.

엄지　근데 토끼는 나름 지혜로운 거 맞죠? 토끼 말에 공감했거든요.

뭉이쌤　토끼 말은 틀릴 게 없지. 그걸 잘못 해석해서 엉뚱한 걱정에 사로잡힌 게 잘못이야. 포인트를 잘못 짚었달까?

로테 이모　나는 자다가 깨서 한 번씩 대문이 잘 잠겨 있나 확인하는 습관이 있는데…… 나 원숭인가 봐요. 하하.

세라　하하. 땅하고 대문은 다르잖아요? 문단속이 잘 되어 있는지 확인해서 나쁠 건 없죠.

통이　오, 그게 그렇게 갈라지는구나. 해야 할 것과 하지 않아도 될 것을 구분하는 게 지혜로군요.

뀨 아재　빙고! 로테 이모님 지금 하셔야 할 일 아시죠?

로테 이모　하하. 알겠어요. 이야기 하나 할게요.

내가 들려줄 이야기는 아메리카 대륙 사이에 있는 카리브해의 작은 섬나라 아이티에서 전해온 민담이에요. 어느 여성 연구자가 아이티에 가서 그곳의 이야기꾼에게 전해 듣고서 책에 실은 이야기랍니다. 재미있는 설화들이 많은데, 연이가 동물담을 들려줬으니까 나도 부엉이 이야기를 해볼게요. 꼬챙이를 놓쳐버리면 안 되니까요.

부엉이 총각

*

아이티 민담

옛날에 부엉이 총각이 살았는데, 자기가 아주 못생겼다고 생각했답니다. 그런데 이 총각이 어느 날 저녁에 한 아가씨하고 얘기를 나누다가 사랑에 빠졌지 뭐예요. 아가씨가 아주 다정한 데다 부엉이 총각 얘기를 잘 들어주는 거예요. 마음이 갈 수밖에요.

부엉이 총각이 자기가 못생겼다고 생각한댔잖아요? 부엉이는 아가씨가 밝은 대낮에 자기를 보게 하면 절대 안 된다고 생각했어요. 그래서 어두운 밤에만 아가씨를 찾아갔답니다. 어둠 속에서 도란도란 얘기를 주고받으면서 둘은 무척 행복했지요.

어느 날, 부엉이 총각이 집으로 돌아가고 나자 아가씨의 엄마가 말했어요.

"네 남자친구는 왜 낮에는 안 오고 어둔 밤에만 오는 거야?"

"낮에는 계속 일을 해야 한대요. 일을 마치고 집에 가서 옷을 갈아입으면 저녁인 거죠."

엄마는 그 설명이 성에 차지 않았어요.

"결혼하기 전에 얼굴이 어떻게 생겼는지 한번 봐야 하지 않겠니? 그래! 일요일 오후에 댄스 파티를 열고서 그를 초대하자꾸나. 그도 일요일에는 일을 안 할 테니까 말야."

그게 좋은 아이디어인 거예요. 실은 아가씨도 부엉이 총각 얼굴이 궁금했거든. 아가씨는 엄마 말대로 지인들을 불러모아서 댄스 파티를 열기로 하고 부엉이 총각에게 초대장을 보냈어요.

이 부엉이 총각이 춤을 꽤나 잘 췄어요. 초대장을 받으니까 가슴이 설레지요. 그런데 한편으로 아주아주 두려운 거예요. 낮에 찾아가면 자기 못생긴 얼굴이 드러날 테니까 말예요. 부엉이 총각은 생각 끝에 사촌인 수탉 총각을 찾아가서 자기하고 함께 파티에 참석해 달라고 했어요. 수탉 총각은 당연히 좋다고 하지요. 그 총각도 춤을 무척 좋아했거든요.

그래서 일요일 오후에 둘은 함께 말을 타고 아가씨 집에 가게 됐어요. 부엉이 총각은 수탉하고 함께 가면 용기가 날 거라고 생각했지요. 그런데 막상 함께 가려고 하니까 그렇지가 않아요. 수탉 총각이 잘 빼입고서 당당하게 몸을 쫙 피고 있는 걸 보니까 기가 탁 죽는 거예요. 아가씨가 둘을 함께 보면서 비교할 일을 생각하니까 창피해서 얼굴이 달아올랐죠.

부엉이 총각은 길을 가다가 말고 수탉 총각에게 말했어요.

"아, 나는 못 가겠어. 너 혼자 가가지고 나는 사고가 있어서 뒤에 온다고 말해줘."

본인이 못 가겠다니 어떡해요? 혼자 갈 수밖에. 수탉 총각은 파티 장소에 도착해서 사촌이 부탁한 대로 말했어요. 불쌍한 부엉이 총각은 사고가 생겨서 뒤에 따로 올 거라고 말이죠.

부엉이 총각은 오후 내내 해가 지기를 기다리고 있다가 날이 어두워지자 아가씨 집으로 찾아갔어요. 얼굴이 잘 안 보이게 모자를 푹 눌러쓰고서요. 부엉이 총각은 파티 장소로 들어가기 전에 살짝 수탉 총각을 불러내서 이렇게 부탁했답니다.

"수탉아, 나는 오다가 나뭇가지에 눈을 긁혀서 이렇게 모자를 쓴 거야. 무슨 말인지 알지? 사람들에게 잘 말해줘. 내가 빛을 보면 눈이 상한다고 말야. 그리고 날이 밝는지 잘 지켜보다가 아침 해가 떠오르면 '꼬끼오' 소리를 내줘. 내가 떠날 수 있게 말이지."

"알았어, 알았어. 어서 들어가자. 내가 너를 아가씨의 가족과 친척들에게 소개할게."

수탉 총각은 부엉이 총각을 데리고 들어가서 이리저리 소개를 했어요. 모자를 쓴 사정도 그럴싸하게 설명했죠. 덕분에 부엉이 총각은 모자를 눌러쓴 채로 댄스 파티에 참석할 수 있었답니다. 그가 구석진 곳으로 가려고 하니까 아가씨가 손을 잡아끌었어요.

"우리 넓은 데로 가서 함께 춤춰요!"

때마침 댄스 음악이 신나게 울려 퍼졌답니다.

동가다 동가다 동가다 동. 동가다 동. 예 예 오!

부엉이 총각은 춤을 추기 시작했어요. 그의 춤은 아주 훌륭했지요. 모자로 얼굴을 가렸는데도 동작들을 멋지게 소화하는 거예요. 사랑하는 아가씨와 추는 춤이니까 더 그랬겠지요.

그런데 부엉이 총각이 한참 춤을 추다가 수탉 총각을 보니까 자기 부탁을 까맣게 잊고 있지 뭐예요. 춤을 추는 데 정신이 팔려서 날이 밝아오는지 살펴볼 생각을 안 하는 거예요. 부엉이 총각은 깜짝 놀라서 춤을 멈추고 밖으로 나가서 높은 데로 올라갔답니다. 해가 뜨는지 보려고 말이죠. 보니까 아직 밤이에요.

부엉이 총각은 파티 장소로 돌아와서 다시 신나게 춤을 췄어요. 얼마 있다가 그가 또 망을 보러 나가려고 하니까 아가씨가 팔을 꼭 붙잡아요.

"나가지 말고 곁에 있어줘요. 우리 계속 춤춰요."

"알겠어요."

동가다 동가다 동가다 동. 동가다 동. 예 예 오!

부엉이 총각은 춤을 추고, 추고, 또 췄어요. 춤에 완전히 빠져버렸죠. 시간 가는 줄도 모르고 말예요. 그때 해가 하늘로 조금씩 조금씩 떠올랐답니다. 빛이 들어오니까 어둑하던 집 안이 환해졌지요. 부엉이 총각은 그런 줄도 모르고 춤추느라 정신이 없었어요. 그때 아가씨의 엄마가 말했어요.

"이제 네 남자친구 얼굴을 보여줘."

그러자 수탉 총각이 퍼뜩 정신을 차리고서 큰 소리로 외쳤어요.

"꼬끼오! 꼬끼오!"

부엉이 총각이 놀라서 피하려고 했지만 아가씨 동작이 더 빨랐어요. 아가씨는 그에게 다가와서 얼굴에 있는 모자를 쓱 벗겼답니다.

"으아아, 내 눈!"

부엉이 총각은 비명을 지르면서 급히 얼굴을 감쌌어요. 그러고는 말이 있는 곳으로 달려 나갔지요.

"멈춰요! 부엉이님, 멈춰요!"

부엉이 총각은 말에 올라타기 위해서 얼굴을 감쌌던 손을 잠깐 내렸어요. 총각을 뒤쫓아서 달려온 아가씨는 그 순간을 놓치지 않고 부엉이 총각의 얼굴을 보았답니다. 아아, 이럴 수가! 아가씨의 눈에 들어온 부엉이 총각의 얼굴은 너무나 압도적이고 강렬했어요. 평생 보았던 그 누구의 얼굴보다도 멋졌지요.

"부엉이님!"

하지만 부엉이 총각은 이미 말에 올라타서 달리고 있었답니다. 그는 멀리, 아주 멀리 사라져갔어요.

그 뒤로 부엉이 총각은 다시 돌아오지 않았어요. 아가씨는 기다리고 또 기다리다 결국 포기하고서 수탉 총각하고 결혼했답니다.

수탉 총각과 결혼한 아가씨는 행복했어요. 하지만 아침이 밝아오고 수탉이 '꼬끼오' 울음을 울면 아가씨는 자기도 모르게 생각에 잠겼답니다. 그때 그 부엉이 총각은 어디에 있을까 하고요.

연이　　　퉁이　　　엄지　　　세라　　　규 아재　　로테 이모　　뭉이쌤

연이　　아, 어떡해. 너무 슬퍼요. 부엉이 총각 불쌍해.

퉁이　　그래? 내 생각에 부엉이 총각은 세상에서 제일가는 바보야.

로테 이모　불안은 사람을 바보로 만들지. 자기를 다른 누구하고 비교하면 더

　　　　　그렇게 돼.

세라　　수탉이 아가씨와 결혼한 게 아이러니하면서도 고개가 끄덕여져

　　　　　요. 수탉은 부엉이와 달리 걸릴 것 없이 당당했죠.

뭉이쌤　그게 부엉이에게는 독이었으니 말 그대로 아이러니해요. 아, 그

　　　　　독은 물론 수탉이 아니라 자기가 만든 거죠.

세라　　맞아요. 수탉이야 뭔 죄가 있겠어요. 함께 즐기는 자리에서 자꾸

　　　　　망을 봐달라고 하는 친구가 찌질한 거예요.

로테 이모　그래요. 내 생각에도 부엉이는 좋은 짝이 못 되는 것 같아. 차라리

　　　　　수탉이 낫지.

연이　　그래도 원래 서로 사랑한 건 부엉이와 아가씨였는데…….

로테 이모　좀 안됐기는 해. 자신감을 가졌으면 좋았을 텐데, 부정적인 생각

　　　　　때문에…….

뭉이쌤　이야기라서 과장된 면은 있지만, 실제 현실 속에도 그런 사람들이

　　　　　많아요. 충분히 당당해도 되는데 괜히 지레 움츠들어서 일을 망

　　　　　치는 사람들요. 사람이 오만한 것도 문제지만 이렇게 자기를 비하

하는 것도 문제죠.

세라 상대방의 모든 걸 이해하고 감싸는 게 사랑이잖아요? 그렇게 보면 부엉이 총각은 사랑을 할 자격도, 받을 자격도 부족하다고 생각해요. 저 같으면 얼굴이 아무리 멋지게 생겼어도 걷어찼을 거예요. 태도가 중요하니까요.

엄지 완전 동감!

퉁이 잠깐! 이 이야기는 꼬챙이에 어떻게 꿰어지는 건가요? 맞다! 불안과 부정적인 생각. 엘제나 세 동물도 그랬었죠.

뀨 아재 퉁이가 꼬챙이에 딱 꽂혔구나.

퉁이 그러네요. 보자…… 뭉이쌤께서 아직 이야기를 안 하셨어요. 마지막 꼬챙이를 멋지게 꿰어주세요.

뭉이쌤 이거 불안해지는걸.

세라 쌤, 부엉이 말고 수탉처럼요!

뭉이쌤 하하. 알았습니다요.

퉁이 동가다 동가다 동가다 동! 큐!

마녀의 초록 모자

스페인 민담

옛날 옛날, 어느 마을에 마음씨가 너그러운 남자가 살 았어. 누군가가 어려움을 겪고 있으면 그냥 지나치질 않았지. 사람만이 아니고 동물도 세심하게 챙겼어. 마 녀까지도.

마을 근처 숲속에 마녀가 살았어. 늘상 얼굴을 찌푸 려서 굵은 주름이 가득한 마녀야. 근데 재주는 놀라웠 지 뭐냐. 마음만 먹으면 여우로 변할 수 있었지.

어느 날, 마녀는 시냇가에 옷을 벗어놓고는 여우로 변해서 목욕 을 했어. 근데 동네 꼬마들이 옷을 훔쳐가지고 달아난 거야. 그 옷 이 없으면 사람 모습으로 돌아올 수가 없거든. 마녀가 아주 야단 이 났지.

근데 너그러운 남자가 그걸 보게 된 거야. 남자는 아이들을 혼 내고 옷을 빼앗아서 여우에게 돌려줬어. 그래서 마녀는 사람 모습 으로 돌아올 수 있었지. 그게 말이지, 마녀라지만 은혜는 알아. 마녀는 보답으로 남자에게 선물을 하나 줬단다. 초록색 모자야. 마녀의 물건인데 평범한 것일 리 없지.

"늘 이 모자를 쓰고 지내요. 그러면 앞에 있는 사람이 뭘 생각하는지 낱낱이 들여다볼 수 있어요."

다른 사람이 생각하는 걸 알아차릴 수 있다니 대단하잖아? 남자는 신이 났어. 보물을 얻었으니 한번 시험을 해볼 참이야. 그는 시내로 변호사를 찾아갔단다. 이웃 사람하고 땅의 경계 문제로 분쟁이 생겨서 변호사를 선임한 상태였거든.

"어서 오세요!"

변호사가 웃으면서 맞이했어. 그런데 이 남자가 변호사의 눈을 보니까 그의 속생각이 빤히 들여다보이지 뭐냐.

'얼간이가 왔군. 그런 단순한 일로 변호를 맡기다니, 굴러든 호박이지 뭐야. 잘 구슬려서 시간을 끌어가며 잔뜩 벗겨먹어야지. 그러고선 입을 싹 닦는 거야. 낄낄낄.'

남자가 그의 생각을 들여다보고 나니 소름이 끼치지 뭐야. 그는 안 되겠다 싶어서, 이웃 사람을 만나 직접 그 일을 해결하려고 마을로 갔어. 그가 모자를 쓴 채로 이웃 사람을 찾아가니까 이번에는 그 사람 생각이 환히 보였지.

'짜증나는 인간 같으니라고! 이놈아, 내가 너희 집에 불을 질러서 싹 태워버릴 거다. 네가 밭으로 일하러 나가고 마누라가 장 보러 갔을 때가 그 시간이야.'

남자는 깜짝 놀라서 집으로 뛰어왔어. 아내하고 상의를 해야 하잖아? 근데 아내가 있는 방으로 가보니까 아내가 속으로 무서운 생각을 하고 있지 뭐야.

'이 곰탱이가 왜 이리 빨리 왔담? 애인을 만나러 가려던 참인데 김이 새버렸잖아. 이 인간을 어떻게 하지? 그래, 수프에 슬쩍 독을 타는 거야. 이 멍청이는 저세상에 가서도 분명히 곰탱이 짓을 할걸.'

남자는 머리가 하얘져서 거의 쓰러질 뻔했어. 하지만 겨우 정신을 차리고서 딸이 있는 방으로 갔단다.

'아, 저 노인네가 또 무슨 잔소리를 하려고 왔담? 또 내 남자친구 후안에 대해서 한마디 하겠지? 짜증나! 아버지가 나가면 지갑을 훔쳐가지고 가서 후안하고 몰래 결혼해야지. 아버지에게는 얘길 해보나 마나야.'

남자가 그 생각을 알고 나니까 그만 진절머리가 나는 거야.

'아, 이제 남은 건 아들뿐인가?'

그러면서 아들 방으로 갔어. 아들은 여행 가방에다 옷을 챙기고 있었지.

'아아, 재수 없어! 슬쩍 도망가 버리려고 했더니 딱 걸렸네. 으이구! 뭐라고 둘러댄담.'

초록 모자를 쓴 남자의 머릿속으로 아들의 마음속 생각이 환청처럼 쟁쟁 울려왔어.

그러자 이 너그러운 남자는 어떻게 했을까? 그는 머리에 쓰고 있던 초록 모자를 확 벗으면서 소리쳤단다.

"이게 보물이 아니고 요물이었어. 최악의 선물이야!"

그러면서 남자는 불이 활활 타고 있는 난로에 모자를 확 집어 던졌단다.

지금도 스페인 카탈루냐 지방에서는 누군가가 불안이나 걱 정에 휩싸여서 얼굴을 찡그리고 있으면 이렇게 말한대.

"이봐, 그 모자 벗어서 불에 던져버려."

연이   통이   엄지   세라   로테 이모   뭉이쌤

세라 마지막 부분에서 소름 돋았어요. 이렇게 마무리될 줄이야.

로테 이모 그 모자가 요물인 걸 알아차린 남자는 꽤 현명한 사람이었군요.

통이 저는 아직도 이해가 잘…… 왜 모자를 태운 건지?

연이 남자가 들여다봤다는 생각들이 다 헛것이었던 거야. 부정적 생각에 빠진 거지.

뭉이쌤 맞아. 쉽게 설명하면 생각에 색안경을 쓴 상황이지.

통이 그렇구나. 이제 이해했어요. 그게 일종의 망상이었군요. 마녀는 자기를 도와준 사람을 이렇게 골탕 먹인 거예요? 나쁘다!

뭉이쌤 그건 좀 다르게 풀이할 수 있어. 늘 부정적으로 생각하는 게 마녀의 방식이지. 마녀는 그걸 보물로 여기는 거고. 그러니까 자기 나름으로는 선물을 준 게 맞아.

세라 모자는 머리에 쓰는 거니까, 마녀의 모자를 쓰는 순간 그 남자는 마녀가 생각하는 방식에 사로잡힌 거예요. 맞죠, 쌤?

뭉이쌤 바로 그거예요. 그 모자가 마녀의 물건이라는 게 포인트죠.

엄지 모자를 벗어서 불에 던지라는 말, 아주 멋져요. 잘 기억해 둘래요.

뭉이쌤 그래, 많은 사람들이 자기도 모르는 사이에 그런 모자를 쓰곤 하지. 자, 이제 초록 모자를 싹 벗어버리자꾸나.

일동 좋아요!

storytelling time
나도 이야기꾼!

기본 스토리텔링

이번 스테이지에서 만난 이야기 중 가장 마음에 드는 것을 골라서 다음과 같은 단계로 스토리텔링 활동을 해보자.

step 1: 책에 쓰인 그대로 이야기를 소리 내어 읽는다.

step 2: 책에 쓰인 그대로 이야기를 소리 내어 읽되, 가상의 청자에게 말해주듯이 읽는다.

step 3: 청자에게 이야기를 전달하되, 틈틈이 책을 참고한다.

step 4: 청자에게 이야기를 전달하되, 책을 참고하지 않는다.

step 5: 청자에게 이야기를 전달하되, 표현과 내용을 조금씩 자신의 방식대로 바꿔본다.

step 6: 완전히 내 것이 된 이야기를 구연 환경과 청자의 성향에 맞춰 내용과 표현을 자유자재로 조절하며 전달한다.

이야기별 재창작 스토리텔링

다음은 이번 스테이지에서 만난 이야기들에 대한 활동거리이다. 이 중 하나 이상을 골라 스토리텔링 활동을 해보자.

<아이와 물고기>

① **이야기 재구성하기:** 놓아줬던 물고기를 머리를 써서 되찾는 내용으로 이 야기를 바꿔보자.

<지혜로운 새와 사냥꾼>

② **뒷이야기 만들기:** 사냥꾼이 이후에 세 가지 교훈을 잘 간직해서 큰 위기 를 이겨낸 사연으로 뒷이야기를 만들어보자.

<쿨라족이 흐느끼던 벌판>

③ **자기 삶과 연결하기:** 이야기 속 상인처럼, 자만심으로 무모하게 행동했 다가 곤경을 겪은 경험에 대해서 서로 이야기를 나누어보자.

<말하는 해골>

④ **이야기 상황 바꾸기:** 이야기 속 청년이 해골을 툭툭 치는 대신 조심스레 매만지면서 따뜻한 말을 해주는 것으로 바꾸어서 새로운 스토리를 이 어보자. 청년과 해골이 주고받는 말을 잘 구성하도록 한다.

<현자의 수염>

⑤ **숨은 이야기 상상하기**: '수염이 긴 사람은 대개 바보다.'라는 말을 책에 쓴 사람은 어떤 사람이며, 왜 그런 말을 썼을지 상상해 보자.

<영리한 엘제>

⑥ **시나 가사 쓰기**: 영리한 엘제의 삶을 소재로 삼은 시나 노래 가사 또는 랩을 써보자. 단, 엘제를 화자로 삼아서 쓰도록 한다.

⑦ **뒷이야기 만들기**: 마을을 떠나 돌아오지 않은 엘제는 어떤 삶을 살았을까? 앞의 내용과 연결되게 뒷이야기를 만들어보자.

<세 동물의 걱정>

⑧ **이야기 삽화 바꾸기**: 이야기 속의 세 동물이 아닌 다른 동물을 하나 선택해서, 스토리 흐름에 맞게 그 동물의 걱정을 습성과 연결 지어 서술해 보자.

<부엉이 총각>

⑨ **작중인물이 되어 편지 쓰기**: 부엉이 총각이 아가씨를 떠나고 난 뒤, 두 사람의 심정을 담은 가상의 편지를 써보자.

<마녀의 초록 모자>

⑩ **이야기 상황 바꾸기**: 너그러운 남자가 마녀를 구해주고 받은 선물을 모자가 아닌 장갑이나 신발, 지팡이 등으로 바꾸고 이어지는 이야기를 만들어보자.

이야기 연계 스토리텔링

1. 이 스테이지에 있는 아홉 개의 이야기 속에 나오는 여러 인물들 가운데 가장 어리석다고 생각되는 인물을 골라서 그 이유를 발표해 보자. 남들이 미처 생각 못 한 참신한 이유를 제시하도록 한다.

2. 다음 세 가지 화소를 서로 연결해서 하나의 새로운 스토리를 만들어보자. 참신하면서도 그럴싸한 이야기가 될 수 있도록 한다.
   (1) 말하는 해골 (2) 긴 수염을 가진 현자 (3) 마녀의 초록 모자

3. 영리한 엘제와 부엉이 총각이 연애하고 결혼해서 사는 내용의 이야기를 구성해 보자. 단, 새드 엔딩보다는 해피 엔딩이 될 수 있도록 한다.

4. 이 외에 이야기들을 흥미롭게 연계할 수 있는 여러 가지 방법을 찾아보고, 이를 토대로 다양한 스토리텔링 활동을 해보자.

stage 04

삶을 위한 지혜

이번 이야기판의 주제는 삶을 위한 지혜야. 누구의 삶이냐면 나의 삶, 너의 삶, 그리고 우리 모두의 삶. 지혜는 삶을 풍요롭고 아름답게 하지. 하지만 진짜 지혜는 머리가 좋고 꾀가 많은 것과는 좀 달라. 오히려 그런 영민함의 반대편에서 참다운 지혜가 꽃피곤 하지. 이제 내가 좋아하는 설화로 이번 이야기판을 열어볼게. 그림 형제 민담집에 실려 있는 이야기인데, 배경은 독일이 아니고 스위스와 이탈리아야.

세 가지 언어

*

독일 민담

옛날, 스위스에 늙은 백작이 살았어. 가문에 대한 자부심이 대단한 사람이야. 근데 자식 때문에 골치였지 뭐냐. 아들이 딱 한 명 있는데, 머리가 어찌나 둔한지 글을 통 배우질 못하는 거야. 아버지가 이리 가르치고 저리 가르쳐봐도 아무 소용이 없어. 하나밖에 없는 자식이 그 모양이니 집안이 망하게 생겼지.

어느 날, 아버지가 아들을 불러서 말했어.

"애야, 나는 아무리 해도 네 머리에 아무것도 집어넣질 못하겠다. 훌륭한 선생님을 붙여줄 테니 집을 떠나서 공부해 봐."

그래서 아들은 낯선 도시로 가서 선생님과 1년을 함께 살면서 공부했어. 그가 공부를 마치고 돌아오니까 아버지가 물었지.

"그래, 그동안 뭘 배웠느냐?"

"개가 짖는 소리를 알아듣는 법을 배웠습니다."

그 말을 들으니까 아버지가 기가 막히지.

"아니, 쓸데없는 개의 말을 뭣 하러 배웠단 말야?"

백작은 한바탕 짜증을 냈지. 선생님까지 욕하면서 말이야. 그는 새로운 선생님을 구해서 다시 아들을 떠나보냈어. 아들은 다시 그 선생님 밑에서 꼬박 1년간 공부를 하고 왔지.

"이번에는 뭘 배웠느냐?"

"네, 새들의 말소리를 배웠습니다."

그러자 아버지가 또 화가 치밀어 오르는 거야.

"지난번에는 개 소리더니 이번에는 새 소리야? 글은 어쩌고!"

아버지는 이제 마지막 기회라고 다짐받으면서 다시 새로운 선생님을 구해서 아들을 떠나보냈어. 아들은 다시 그 선생님 밑에서 1년간 공부를 하고 돌아왔지.

"이번에는 제대로 배웠겠지? 배운 걸 말해봐."

"네, 개구리의 말소리를 배웠습니다."

그 말을 들으니까 백작은 피가 거꾸로 솟는 것 같지. 그는 목이 찢어질 듯이 소리쳤어.

"이 멍청이! 넌 내 자식이 아니야! 당장 여기서 나가라. 다시는 너를 보지 않을 것이다!"

그 백작이 아주 무서운 사람이거든. 그냥 하는 소리가 아니야. 아들은 그 자리에서 쫓겨나고 말았단다. 자기가 쓰던 물건 하나도 챙기질 못했지. 몸에 걸친 옷과 신발이 다야.

아들이 3년 동안 집을 떠나서 공부했잖아? 낯선 땅을 찾아가는 건 익숙한 일이야. 그는 아직 가본 적 없는 새로운 곳을 향해서 발걸음을 옮겼단다. 그러던 어느 날, 해가 저물 무렵에 낯선 성에 이

르렀어. 딱 봐도 우중충하고 음산한 곳이었지. 젊은이가 성 안에 들어가서 잠자리를 청하니까 주인이 말했어.

"이 성에 손님이 묵을 만한 곳은 저 아래 낡은 탑뿐이오. 그런데 거기는 굶주린 개들이 사납게 짖어대서 아무도 들어가질 못하지. 개들에게 물어 뜯기기 십상이거든. 하여튼 개들이 짖어대는 소리 때문에 이 성은 편할 날이 없다오."

젊은이가 듣고 보니까 성에 들어올 때부터 개 짖는 소리가 들렸던 것 같아. 하지만 개라면 마다할 이유가 없지.

"그 탑으로 가겠어요. 개에게 던져줄 먹이를 챙겨주면 제가 달래보겠습니다."

주인도 어쩌지 못하는 개들을 달래겠다니 믿기지 않지. 하지만 본인이 하겠다는데 뭘 어째? 사람들은 개들을 위한 먹잇감을 들려서 젊은이를 탑으로 보냈단다.

젊은이가 낡은 탑으로 들어가니까 개들이 한꺼번에 덤벼들었지. 하지만 잠깐뿐이야. 그가 먹이를 던져주면서 뭐라 뭐라 소리를 내니까 개들이 금방 순해지지 뭐냐. 서로 마주 보면서 멍멍멍 왈왈왈.

다음 날, 젊은이가 성 안에서 잠을 푹 자고서 상쾌한 모습으로 나오니까 다들 깜짝 놀라지. 실은 다른 사람들도 모처럼 편안한 밤이었어. 개 짖는 소리가 안 나고 조용했거든.

젊은이는 곧바로 성의 주인을 찾아가서 말했어.

"낡은 탑 안에 개들이 오래전부터 지켜온 보물이 있어요. 이제

때가 돼서 그걸 꺼내라고 개들이 계속 짖어댄 겁니다. 제가 보물의 위치와 꺼내는 방법까지 알아냈어요."

주인은 이게 웬 말인가 싶지. 그는 젊은이에게 그 보물을 꺼내오게 했어. 장소와 방법까지 다 알잖아? 젊은이는 어렵지 않게 탑 속의 비밀 장소에서 금이 가득 찬 상자를 꺼내 왔어. 이제 개들이 시끄럽게 짖어댈 이유가 없어졌지. 성에는 평화가 찾아왔단다. 보물까지 찾았으니 전화위복이지.

거기서 잘 대접을 받으며 쉬던 젊은이는 노잣돈을 얻어서 다시 길을 떠났어. 그는 오래전부터 가보고 싶었던 로마로 걸음을 옮겼단다. 우리가 아닌 그 로마 맞아. 바티칸이 있는 곳.

그는 한참 길을 가다가 늪지대를 지나게 됐어. 근데 거기서 개구리들이 모여서 개굴개굴 시끄럽게 우는 거야. 이 젊은이가 개구리 소리를 알아듣잖아? 그는 개구리와 잠깐 말을 주고받고는 꽤나 심각해졌단다. 그는 입을 꾹 닫고서 심각한 표정으로 무겁게 발걸음을 옮겼어. 로마에 도착할 때까지 내내 그 상태였지.

그때 로마는 새 교황을 선출하는 문제로 아주 시끄러웠단다. 후계자가 없는 상태로 교황이 갑자기 세상을 떠난 거야. 추기경들은 이리저리 상의한 끝에 하느님의 기적을 나타내 보이는 사람을 교황으로 추대하기로 결정했어. 딱 그 결정이 내려진 순간에 젊은이가 성당 안으로 들어왔지 뭐냐. 그때 눈처럼 하얀 비둘기 두 마리가 날아와서 젊은이의 양 어깨에 올라앉은 거야. 다들 깜짝 놀라지.

"오오, 기적입니다."

"신의 계시가 내렸어요. 교황 되실 분이 오셨습니다."

추기경들은 젊은이에게 다가와서 그를 둘러싸고 물었어.

"교황이 되셔서 하느님 뜻을 우리에게 전해주시겠습니까?"

젊은이가 망설이고 있을 때 비둘기들이 그에게 속삭였단다.

"그러겠다고 하세요."

"우리가 하느님 뜻을 전해줄 테니 걱정 마세요."

마침내 젊은이는 결심하고서 말했지.

"예, 하겠습니다."

추기경들은 박수를 치면서 새로운 교황이 탄생했음을 세상에 널리 알렸단다.

새 교황은 미사를 주관해 본 적이 없었지. 글을 못 배워서 성경이나 다른 책들도 읽지를 못했어. 하지만 문제는 없었단다. 비둘기들이 두 어깨에 앉아서 무엇을 어떻게 해야 하는지 알려주고 하느님의 뜻도 전해줬거든. 그는 신의 뜻을 제대로 알리고 펼치는 최고의 교황으로 오래오래 사람들과 함께했단다.

아, 그가 개구리들과 나눈 얘기가 뭐냐고? 간단히 옮겨볼게.

"개굴개굴. 당신은 성스러운 교황이 되실 거예요."

"내가 교황? 그게 무슨 말이야?"

"개굴개굴. 당신의 소임이에요. 하셔야 해요."

교황이라는 게 아주 책임이 큰 자리잖아? 그래서 그 사람은 표정이 심각해지고 발걸음이 무거웠던 거야. 하지만 하늘이 내린 소명으로 받아들이고 로마를 향해 걸어갔던 거란다.

이야기에 대한 이야기

연이　　엄지　　이반　　세라　　뭉이쌤　약손할배　노고할망

연이　젊은이가 교황이 되는 건 생각도 못 했어요. 신기하다!

이반　나도. 주인공이 왕이 되는 이야기는 많은데, 교황은 처음 봐.

세라　쌤, 그가 교황이 된 데는 어떤 이유가 있을까요? 개들의 말과 새들의 말, 그리고 개구리들의 말과 관련이 되나요?

뭉이쌤　이야기 속에서 주인공이 배운 것이 그 세 가지 언어뿐이니까 당연히 연관이 되겠죠? 어떻게 연결되는지 한번 잘 풀어보세요.

세라　새들의 언어는 조금 알 것 같아요. 비둘기들이 하느님 뜻을 전하잖아요? 새들은 하늘을 나는 존재니까 그들의 말은 신들의 언어와 연결될 것 같아요. 그 젊은이는 신들과 소통할 수 있는 사람이었던 거죠. 그런데 개의 언어와 개구리의 언어는 뭔지가 좀……

연이　개들의 말소리를 알아듣는다고 하니까 '개통령'이 생각나요. 개는 반려동물인데……

엄지　흠, 개들은 사람들 곁에서 함께 사는 존재니까, 이웃 같은 거 아닐까?

세라　엄지! 그 해석 그럴싸하다. 그 젊은이가 이웃과 소통하는 법을 배웠던 거네. 그들의 간절한 바람과 접속되니까 그게 보물이 되었던 거야.

연이　그럼 개구리는 뭘까? 개구리의 언어를 제일 나중에 배운 걸 보면

새의 언어보다도 중요할 것 같은데! 할머니 할아버지, 좀 도와주세요.

약손할배 음, 개구리를 늪지대에서 만난다는 게 실마리 아닐까? 늪은 외지고 험한 곳이잖아?

노고할망 개구리가 작고 보잘것없다는 것도 생각해 보렴. 숫자가 많다는 것도.

연이 아, 작고 비천한 사람들과 연결되는 건가요? 또는 소외된 사람?

이반 그래! 다른 말로 하면 '민중'이겠네. 다수니까 말야. 그 젊은이는 소외된 하층민들의 기대와 소망을 외면할 수 없었던 거구나. 그래서 교황이 된 거야.

세라 이웃의 목소리를 알아듣고 비천한 사람들의 언어를 알아듣는 사람. 신의 대리자로 아주 딱이네요! 글이나 지식 같은 건 거기 비하면 아무것도 아닌 거고요.

이반 귀족 출신임에도 자기들의 언어 대신 이웃의 언어와 신의 언어, 소외된 자들의 언어를 배운 사람. 멋지다! 이게 참다운 지혜로군요. 그래서 쌤이 이 이야기를 선택하신 거구나.

뭉이쌤 나의 말소리를 알아들어 줘서 감사! 아니, 옛이야기의 말소리인가? 하하.

연이 쌤의 입을 통해서 우리 앞에 살아난 옛이야기의 말소리겠죠.

엄지 그럼, 이제 제가 한번 옛이야기의 말소리를 옮겨보겠어요.

물귀신이 된 부자와 가난한 어부

✦

대만 민담

엄지

옛날에 대만 어느 시골에 돈이 많은 부자가 살았어요. 마음씨가 착하고 너그러운 사람이에요. 가난하고 불쌍한 사람들에게 많이 베풀면서 살았대요. 그런데 어느 날, 길을 가는데 강도들이 나타난 거예요. 강도는 부자를 죽이고서 돈을 빼앗았어요. 그리고 시체를 강물에 던져버렸어요.

부자가 정신을 차려보니까 이 세상이 아니에요. 무섭게 생긴 왕이 높은 곳에 앉아 있는데, 그게 염라대왕이에요. 죽어서 저승에 온 거예요. 부자는 염라대왕에게 하소연했어요.

"제가 착하게 살았는데 이렇게 죽다니 너무 억울합니다."

"그게 너의 운명이야."

"싫어요! 더 살고 싶어요. 다시 살아나게 해주세요."

부자가 자꾸 매달리니까 염라대왕이 말했어요.

"네 몸은 지금 강물 속에 있다. 거기서 물귀신으로 살다가 너를 대신할 사람을 찾아내면 환생할 수 있지. 그렇게 하겠느냐?"

물귀신이 된다니 끔찍한 일이에요. 하지만 부자는 다시 살아날 기회를 놓치기 싫었어요.

"네, 하겠습니다."

그러자 염라대왕은 부자에게 물귀신 표찰을 달아줬어요.

"사람이 강물에 빠져 죽으면 이 표찰을 그 사람 몸에 달아라. 그러면 그가 물귀신이 되고 너는 벗어나게 되지."

그래서 부자는 물귀신 표찰을 달고서 강물 속에서 살게 됐어요. 누군가 물에 빠져서 죽기만 기다리는 신세죠. 시간이 얼마나 걸릴지는 아무도 몰라요.

그 강물 근처에 외딴집이 하나 있었어요. 늙은 어부가 가족도 없이 혼자 가난하고 외롭게 살았죠. 그는 강에서 물고기를 잡으면서 먹고살았습니다.

물귀신은 그 어부를 노렸어요. 그를 강물로 빠뜨려서 죽일 기회를 엿봤지요. 어느 날, 어부가 그물을 던지자 물귀신은 물을 헤쳐서 물고기들을 다 쫓았어요. 어부가 그물을 건져보니까 허탕이죠. 계속 그물을 던져도 마찬가지였어요.

어부는 이상하게 생각해서 물속을 들여다보려고 고개를 숙였어요. 그때 물귀신이 두 팔을 쑥 내밀어서 머리를 확 잡아당겼습니다. 물귀신이니까 힘이 세죠. 어부는 꼼짝없이 물에 빠졌어요. 그 상태로 시간이 지나니까 몸이 굳어지면서 숨이 멈췄습니다.

"됐어! 성공했다!"

부자는 물귀신 표찰을 어부의 몸에 달아놓고 저승으로 달려갔어요.

"염라대왕님! 이제 저를 환생시켜 주세요."

그러자 염라대왕이 이렇게 말하는 거예요.

"이 멍청아, 네가 속았다. 그 어부는 안 죽었어. 괜히 표찰만 뺏겼으니 다 틀렸다. 그걸 찾기 전엔 환생할 수 없어."

그 말을 들으니까 부자가 황당하죠. 분명히 어부가 죽은 줄로 알았거든요. 하지만 그건 착각이었어요. 어부는 잠수를 아주 잘하는 사람이었거든요. 일부러 숨을 멈추고 죽은 척했던 거죠. 부자가 놀라서 급히 강물로 가봤지만 물속에는 아무도 없었어요. 어부는 이미 사라진 뒤였죠. 물귀신 표찰을 챙겨서요.

물귀신은 물 밖으로도 얼마 동안 나올 수 있어요. 다만 물 밖에선 힘을 못 쓰죠. 그는 어부의 집에 찾아가서 통사정을 했어요.

"형님, 제가 잘못했어요. 제발 물귀신 표찰을 돌려주세요. 그게 없으면 제가 환생을 못 해요."

눈물까지 줄줄 흘리니까 어부가 불쌍한 마음이 들어요.

"괜한 사람을 물속으로 끌어들이지 않겠다고 맹세하면 돌려주지. 그리고 내가 물고기 잡는 걸 도와줘."

그 말을 들으니까 물귀신이 이제 살았다 싶은 거예요. 그는 단단히 약속을 하고 표찰을 받았습니다. 그리고 어부와의 약속을 지켰어요. 사람을 물속으로 끌어들이는 걸 포기하고 누군가가 저절로 빠져서 죽을 때를 기다렸죠. 그리고 물속에서 어부의 그물에

물고기를 몰아주었습니다.

"오늘도 동생 덕분에 물고기를 많이 잡았군. 어때? 우리 집에 가서 함께 먹지 않겠어?"

그러니까 물귀신이 어부 집으로 졸졸 따라가요. 두 사람은 물고기 요리를 실컷 먹고 얘기도 많이 나눴습니다. 둘 다 기분이 좋아졌죠.

그렇게 세월을 보내다 보니 어부하고 물귀신이 진짜 형제처럼 친해졌어요. 물귀신은 고기를 몰고 어부는 그 고기를 잡고, 박자가 딱딱 맞아요. 물고기가 너무 많으면 그냥 놓아주기도 했대요. 작은 고기들은 아예 안 잡았고요.

그러던 어느 날, 둘이 저녁을 먹는데 물귀신이 말했어요.

"형님! 저 이제 물귀신 신세를 벗어나게 됐어요. 저승사자에게 들었는데, 내일 어떤 할머니가 미끄러져서 강물에 빠질 거래요. 그 할머니한테 표찰을 붙일 겁니다."

그러자 어부가 말했어요.

"할머니라고? 노인네가 물귀신이 되면 너무 불쌍하잖아? 그러지 마. 그냥 살려드리자."

물귀신도 사실 마음이 좀 그랬어요. 그래서 다음 날 할머니가 물에 빠졌을 때 안에서 힘을 써서 밀어냈어요. 어부는 바깥에서 끌어당기고요. 덕분에 할머니는 물귀신 신세를 면할 수 있었답니다.

다시 세월이 흐르고 흘렀어요. 물에 빠져서 죽는 사람은 없었어요. 어부와 물귀신은 함께 고기를 잡아서 나눠 먹으며 하루하루를 보냈죠. 두 사람은 더 친해졌어요. 이제 가족과 마찬가지예요.

어느 날, 물귀신이 말했어요.

"형님! 이번에는 확실해요. 내일 이웃 마을 장씨 부인이 남편하고 싸우고서 물에 뛰어들 거래요. 물귀신으로 딱이에요."

"장씨 부인? 내가 아는 사람이야. 못난 남편 때문에 고생을 많이 했지. 내 물고기를 사주는 사람이고. 나를 봐서라도 좀 봐줘."

"아, 안 되는데……."

그러면서도 물귀신은 어부의 말을 또 들어줬어요. 둘은 물로 뛰어든 장씨 부인을 힘을 합쳐서 건져줬죠.

그렇게 또 세월이 흘러갔어요. 어느 날, 물귀신이 오더니 어부에게 이렇게 말하는 거예요.

"형님, 오늘 어떤 일이 있었는지 알아요? 꼬맹이들이 물가에서 놀다가 한 아이가 실수로 강물에 쑥 빠진 거예요. 표찰을 붙이려고 하다 보니까 어린 게 불쌍하지 뭐예요. 그래서 그냥 밀어서 물 밖으로 꺼내줬어요."

그러니까 어부가 웃으면서 물귀신 등을 두드려줬어요.

"잘했어."

"그렇죠? 저 잘했죠?"

"응. 아주아주 잘했어!"

둘은 서로 마주 보면서 활짝 웃었어요. 물귀신이 말했습니다.

"저는 그냥 여기서 계속 물귀신으로 살려고요. 괜찮은 것 같아요. 형님도 계시고 말이죠."

그 말을 들으니까 어부가 반가우면서도 마음이 짠해요.

"그래, 동생! 나도 동생이 있어서 참 좋아."

그래서 두 사람은 그렇게 오손도손 살아갔답니다. 강물에 빠져 죽는 사람은 아무도 없었죠. 물 안팎에서 구해주는 이들이 있으니까요. 그러던 어느 날, 물귀신이 어부에게 오더니 활짝 웃으면서 말했어요.

"형님! 제 말 좀 들어보세요. 어떤 일이 생겼는지 아세요? 제가 성황신이 됐답니다. 사람들을 잘 보살펴 준다고 하늘신께서 마을 수호신으로 임명해 주셨어요!"

"아, 잘됐다. 정말 잘됐어!"

"형님, 놀러 오실 거죠? 멀지 않아요."

"그럼, 가고말고!"

둘은 어부와 물귀신으로 마지막 저녁 식사를 했어요. 하지만 진짜 마지막은 아니죠. 사람하고 신으로 함께 살아갈 수 있으니까요.

다음 날, 어부가 마을 성황당에 가보니까 물귀신이 진짜로 수호신이 되어 있었죠. 다른 사람들에게는 안 보여도 어부 눈에는 잘 보여요. 말도 나눌 수 있고요. 신은 아주 멋지고 편안한 모습을 하고 있었어요. 많은 사람들이 찾아와서 그를 향해서 절을 올렸죠.

그날 저녁, 어부가 성황신하고 즐겁게 얘기를 나누고 돌아오는데 몸이 저절로 덩실덩실 움직였대요. 자기도 모르게 춤이 춰진 거예요. 너무나 행복해서요.

이야기에 대한 이야기

 연이   엄지   이반   세라   뭉이쌤   약손할배   노고할망

연이   우와, 나 감동 먹었어. 이 이야기 정말 좋다.

세라   어부가 참 대단한 사람 같아. 마음도 따뜻하고 지혜도 많고. 그런 현자가 외롭게 살았다니 좀 이상하기도 해.

약손할배   일부러 혼자 살았는지도. 세속에 물들지 않은 사람이니까.

이반   '자연인' 같은 건가요?

뭉이쌤   물귀신이 성황신이 되기까지 많은 시간이 필요했잖아? 자기 마음을 다스리면서 거듭나는 시간이었다고 볼 수 있어. 신들이 그렇게 기회를 주었던 거지.

엄지   그가 본래 착한 사람이었기 때문일 것 같아요.

세라   그가 물귀신으로 지낸 긴 시간이 다 환생의 과정이었다고 볼 수 있겠어. 자기를 오롯이 되찾는 과정이랄까?

뭉이쌤   맞아요. 힘든 시간을 거치면서 전보다 더 훌륭한 존재로 거듭날 수 있었죠. 결국 신이 되었으니까요.

노고할망   원래 신의 뜻은 멀리 헤아려야 하는 법이지.

이반   그렇군요. 눈앞에 벌어진 일 때문에 속상하고 화날 때가 많은데, 마음에 잘 새겨야겠어요.

약손할배   그래. 지나고 보면 '그게 그런 뜻이었구나.' 하고 깨닫곤 하지. 내 이야기도 한번 잘 들어봐.

약손할배

이 할배가 들려줄 이야기는 아랍 지역에서 전해온 민담이에요. 정확히 어느 나라인지는 잘 모르겠어요. 아랍 민담집에서 읽은 거라서 그냥 아랍 이야기라는 것만 알 뿐이랍니다. 사람의 도리에 대한 이야기인데, 지혜에 대한 이야기로도 볼 수 있을 거예요.

은인의 방탕한 아들

✳

아랍 민담

옛날에 어떤 부부가 아들을 하나 데리고 살았어요. 아들은 아주 똑똑했지. 부부는 아들이 남다르게 말하고 행동하는 걸 보면서 아주 행복했답니다. 하지만 행복은 영원하지 않았어요. 어느 날, 남편이 갑자기 병에 걸려서 세상을 떠난 거예요.

남편을 잃은 여자는 혼자서 아들을 챙겨보려고 했지만 그게 쉽지가 않아요. 수입이 딱 끊기니까 살기가 어렵지. 그때 많은 남자들이 청혼을 해온 거예요. 딸린 아들이 있지만 아직 젊고 아름다웠거든. 성품도 좋고 말이죠. 여자는 고민 끝에 제일 괜찮아 보이는 사람을 골라서 결혼했어요.

그런데 결혼을 하고 나서 보니까 생각과 다른 거예요. 이 남자가 속이 좁고 질투심이 많아서 아내가 아들하고 다정히 지내는 걸 참지를 못해요. 아내가 아들에게 음식을 챙겨주는 것만 봐도 불만이지요.

"당신은 늘 아들이 우선이군! 그럴 거면 왜 나하고 결혼한 거요?"

이런 식이에요. 아내가 자기를 챙겨주는 건 생각을 못 하고 말이지.

아들은 그 상황을 견딜 수 없었어요. 자기가 거기 있는 게 어머니에게 짐만 되는 것 같았죠. 그는 말없이 집을 나와서 남의 집 머슴으로 들어갔답니다. 그러면서 큰 도시로 나갈 기회를 엿봤어요. 전부터 도시 생활에 관심이 많았거든요. 뭔가 사업을 해보고 싶었던 거예요.

어느 날, 그는 마을에 찾아온 상인들을 따라서 도시로 갔어요. 여기저기 알아본 끝에 크게 장사를 하는 집에 점원으로 들어갔지요. 정해진 급여가 없는데도 일을 배우려고 그곳을 택한 거예요. 주인은 이렇게 말했어요.

"네가 일을 잘해서 수익을 내면 거기 맞춰서 급여를 주마."

이 아이가 똑똑했잖아요? 그는 열심히 일을 배우면서 늘 부지런하고 성실하게 생활했어요. 그렇게 하니까 가게에 큰 도움이 되지요. 주인은 그를 학교에도 보내줬답니다. 학교에서 여러 가지를 배우니까 안목이 더 넓어지지요. 그의 사업 수완은 점점 늘어갔어요. 가게에 그가 없으면 안 될 정도였죠. 주인은 중요한 일이 있을 때마다 그의 의견을 구했답니다. 그가 말하는 대로 하면 틀림없는 거예요.

그렇게 세월이 흐르던 어느 날, 집에서 편지가 날아왔어요. 어머니가 아들이 거기 있는 걸 알아내고 편지를 보낸 거예요. 내용을 보니까, 새아버지가 딸 셋이 태어난 뒤 병들어서 죽었대요. 먹고살기가 막막하다면서 아들더러 와서 돌봐달라는데, 말이 아주 간절해요. 그 어머니가 자기를 잘 챙겨줬었잖아요? 아들은 가게 주인에게 사정을 이야기하고 집으로 가야겠다고 했어요.

"그래, 자식 된 도리를 안 할 수 없지. 늦지 않게 돌아와서 내 사업을 맡아주면 좋겠구나. 내 아들은 공부나 일에는 관심이 없고 노는 데만 정신이 팔려 있으니 큰일이야."

10년 동안 주인에게 받은 은혜를 생각하니까 마음이 무거워요. 그때 주인이 안에 들어가더니 큰 주머니를 가지고 나오는 거예요. 주머니엔 돈이 가득 들어 있었지요. 그간 일했던 급여를 착착 쌓아두고 있었던 거예요. 생각도 못 했던 일이지.

"여기서 먹고 자면서 배운 것만 해도 충분합니다. 덕분에 학교도 다녔고요."

"아니야. 자네 덕분에 올린 수익에 비하면 많지도 않아. 가지고 가게. 내가 여비도 좀 넣었어."

그가 생각하기에 주인이 속이 너무 깊고 따뜻한 거예요. 사실 맨손으로 떠나면 어떻게 사나 걱정이 있었는데 싹 사라졌지요. 그거면 웬만한 사업 밑천으로 충분할 정도였어요. 사업 수완을 다 갖췄으니 걱정할 게 없지요.

그는 그 돈을 가지고 고향으로 돌아가 식구들을 챙기면서 자기 사업을 시작했어요. 사업은 착착 잘 풀려나갔지요. 10여 년 만에 그는 큰 가게를 갖게 됐답니다. 하지만 그는 그것으로 만족하지

않았어요. 그는 여동생 둘을 시집 보낸 뒤 막내 여동생과 함께 어머니를 모시고 큰 도시로 옮겨가 새 사업을 시작했답니다. 도시엔 사람도 많고 물자도 많잖아요? 사업은 날개를 단 것처럼 번창했어요. 그는 전에 일하던 주인집보다 더 큰 사업장을 가지게 됐답니다. 직원이 수백 명이에요. 여기저기 지점을 둘 정도였지요.

사실 그는 예전에 일하던 가게를 찾아갈 생각도 했었어요. 하지만 그러지 않았죠. 주인이 갑자기 세상을 떠난 뒤 아들이 재산을 물려받아서 함부로 쓰고 있다는 소문을 들었거든요. 그 아들을 만나고 싶은 생각은 없었답니다. 아버지와 달리 거만하고 사나운 친구였거든요.

그런데 어느 날, 그 아들이 자기를 찾아왔지 뭐예요. 하고 싶은 거 다 하면서 놀고 즐기다가 부모에게 물려받은 재산을 다 써버렸던 거예요. 가게는 이미 다른 사람에게 넘어가고 빚만 남았지요. 그러니까 친구들마저 나 몰라라 외면해요. 막막하던 중에 소문을 듣고서 이곳을 찾아온 거예요. 옛날에 자기 아버지가 베푼 은혜가 있으니까 지점이라도 하나 내주지 않을까 한 거지요.

은인의 아들을 참 오랜만에 만나는 거잖아요? 근데 상인의 표정은 아주 차가웠답니다.

"나는 당신하고 볼 일이 없습니다. 아버님과의 관계는 벌써 끝났으니 그렇게 아십시오."

그러고서는 그대로 휙 돌아서는 거예요. 찬 바람만 남기고 말이죠. 직원들이 보기에 민망할 정도예요. 그 아들이 힘이 빠져서 가게를 나서니까 직원 하나가 따라 나와서 용돈을 쥐어줬답니다.

"허기지신 것 같은데, 이걸로 따뜻한 밥이라도 사 드세요."

그 돈을 받고 보니까 이 아들이 눈물이 나요. 자기 신세가 너무나 초라한 거예요.

"이놈, 두고 보자! 내가 어떻게든 성공해서 너를 혼내줄 테다!"

그러면서 그는 여기저기 일자리를 찾기 시작했어요. 마침 한 가게에서 그를 고용해서 일을 시켰어요. 이 사람이 얼마나 억울했는지, 열심히 배우면서 밤낮을 안 가리고 일을 해요. 받은 월급을 하나도 쓰지 않고 꼬박꼬박 저금하면서 말이죠. 어찌나 성실하게 일하는지 사방으로 소문이 날 정도였답니다.

어느 날, 나이 든 아주머니가 그를 찾아와서 말했어요.

"당신이 아주 유능하다는 얘기를 들었어요. 내 돈을 맡아서 불려줄 수 있겠어요?"

그러면서 돈을 내미는데 깜짝 놀랄 만큼 큰 액수예요. 그는 기뻐하면서 돈을 받아서 잘 투자했답니다. 얼마 지나지 않아서 그는 이자를 두둑이 쳐서 원금을 갚고도 자기 사업을 시작할 만큼 큰 수익을 올렸어요. 그러자 그 아주머니가 이렇게 말하는 거예요.

"내가 사람을 제대로 봤군요. 훌륭해요. 나에게 딸이 하나 있는데 만나보지 않겠어요? 당신을 사위로 삼고 싶어요."

그 사람이 딸을 만나보니까 마음에 쏙 들어요. 두 사람은 결혼을 약속했고, 우선 약혼식을 치르게 됐답니다. 그 아주머니가 아주 부자거든요. 딸의 약혼식을 아주 성대하게 준비하고 손님들을 많이 불렀어요. 도시의 유명 인사들을 한 명도 빼놓지 않았지요.

드디어 약혼식 날이에요. 신랑이 보니까 손님들이 가득 찼는데, 전날 자기를 냉대했던 사람이 거기 떡하니 앉아 있지 뭐예요. 그 사람 얼굴을 보니까 화가 솟구치지요. 그는 자리 한가운데로 나서서 큰 소리로 사람들에게 말했어요.

"여러분, 제가 오늘 이 자리에서 드리고 싶은 말씀이 있습니다. 제 얘기를 듣고 여러분께서 옳고 그름을 가려주시겠습니까?"

그러니까 사람들이 무슨 일인가 싶지요. 어떻든 들어봐야 하지 않겠어요? 사람들이 고개를 끄덕이니까 신랑은 굳은 표정으로 이야기를 시작했답니다.

"집을 나온 불쌍한 아이가 있었어요. 어떤 상인이 그를 거둬서 먹이고 입히면서 공부까지 시켜줬죠. 가게에서 일한 보수로 엄청난 돈까지 줬어요. 그는 그걸 밑천으로 삼아서 사업에 크게 성공했습니다. 그러던 어느 날, 그를 돌봐준 상인의 아들이 그를 찾아갔어요. 물려받은 재산을 다 잃고서 도움을 청하러 간 거죠. 그때 그 사업가는 어떻게 했을까요? 은인의 아들을 모르는 사람 취급하면서 냉정하게 돌아섰습니다. 여러분 생각은 어떠십니까? 그에게 어떤 판결을 내려야 할까요?"

그러자 사람들이 웅성거리기 시작했어요. 세상에 그런 나쁜 사람이 다 있나 하는 반응이에요.

"사실은 제가 그 주인집 아들입니다. 저를 무시했던 사업가는 저기 앉아 있는 저 사람이에요!"

그러면서 그는 자기를 냉대한 사업가를 손가락으로 딱 지목했어요. 사람들은 다들 깜짝 놀라서 그쪽을 바라봤지요. 웅성거리는 소리가 멈추질 않아요. 그때 사업가가 슬쩍 자리에서 일어나는 거예요. 꽁무니를 빼려나 했는데 그게 아니에요. 그는 자기를 지목한 사람 곁에 서더니 사람들을 향해 말했답니다.

"이 사람이 말한 그대로입니다. 이분은 나를 키워준 은인의 아들이에요. 가게를 찾아왔을 때 내가 냉정하게 외면한 것도 사실이지요. 하지만 이분이 모르는 사실들이 좀 더 있습니다."

그러면서 그는 그 사람을 바라보면서 말했어요.

"당신이 가게를 나갈 때 한 사람이 따라 나가서 용돈을 주었을 거예요. 누가 시킨 일이었을까요? 당신을 고용해서 키워준 가게가 있죠? 그 주인은 누구일까요? 그건 알려지지 않은 나의 점포랍니다. 그리고 오늘 나는 왜 이 자리에 참석했을까요? 그건 내가 이 잔치의 주최자이기 때문입니다."

그러면서 그는 신부와 신부 어머니에게 손짓을 했어요. 그러자 신부는 어머니와 함께 웃으며 다가와서 그 사람의 손을 꼭 잡았지요. 신부가 말했어요.

"오라버니! 좋은 자리를 만들어줘서 감사해요!"

그래요. 그 늙은 아주머니는 사업가의 어머니이고 신부는 그의 누이동생이었던 거예요. 어머니와 새아버지 사이에서 태어난 셋째 딸이요.

은인의 아들은 뜻밖의 상황에 어안이 벙벙했어요. 그리고 모든

걸 환하게 깨달았지요. 그게 다 자기를 새사람이 되게 하려고 한 일이었다는 것을요. 그는 말없이 눈물을 줄줄 흘렸어요. 하지만 오래 그러고 있을 수는 없었지요. 약혼식 날이니까요.

이야기에 대한 이야기

 연이   엄지   이반   세라   로테 이모   뭉이쌤   약손할배

이반 가슴이 따뜻해지는 이야기예요. 그야말로 삶을 위한 지혜네요.

세라 실은 결말을 살짝 예상했었어요. 그런데 여동생과 결혼시킬 줄은 몰랐네요. 정말로 진심이었던가 봐요.

연이 동생하고 어머니가 연기를 한 거 맞죠? 재미있었겠다. 그 사람이 변하는 걸 지켜보면서 주먹을 불끈 쥐었을 것 같아요.

엄지 그 남자 입장에서는 바보가 된 것 같았을지도 몰라.

약손할배 하지만 좋은 사람들이 좋은 뜻으로 한 거니까 이해했을 거야.

이반 맞아요. 저라면 정말로 감동 먹었을 거예요.

로테 이모 약손할배님이 세상사를 멀리 봐야 한다고 하셨잖아요? 이 이야기 주인공이 그런 사람이네요. 멀리 내다보면서 일을 착착 진행시켜 나가는 사람.

세라 맞아요. 그가 최고의 사업가가 된 게 우연이 아니에요.

뭉이쌤 덕분에 주인의 아들도 세상을 멀리 보면서 살아가는 능력을 얻었을 거예요. 그러니까 성공할 수 있었겠죠.

이반 아라비아 상인이 유명하잖아요? 그 단면을 보는 것 같아요.

세라 흠, 내가 상인의 감각이 살아 있는 이야기를 하나 더 해볼까? 이번 주인공은 남성이 아니라 여성이야.

연이 오, 좋아요 언니!

241

세라

내가 들려줄 이야기는 이탈리아 민담이야. 주인공이 상인의 딸인데, 일을 처리하는 방식이 남달라. 그 상대방은 한 나라의 왕자야. 두 남녀의 밀당이 이야기의 중심이지. 과장된 내용도 있을 수 있는데, 엉터리라고 생각하지 말고 그렇거니 하면서 들어줘. 옛날이야기가 원래 그런 거니까.

현명한 카테리나

*

이탈리아 민담

옛날에 이탈리아 시칠리아섬의 팔레르모라는 도시에 한 거상이 살았어. 많은 사업체를 가진 큰 상인이야. 그에게는 딸이 있었는데 이름이 카테리나야. 어려서부터 집안 모든 일을 꿰뚫을 만큼 똑똑해서 다들 '현명한 카테리나'라고 불렀지. 카테리나는 많은 언어를 배우고 갖가지 종류의 책을 읽었어. 글을 이해하는 능력을 '문해력'이라고 하거든. 얘만큼 문해력이 뛰어나고 박식한 사람은 없었단다.

카테리나는 행복했어. 자기를 잘 챙겨주는 부모님 밑에서 걱정 없이 잘 지냈지. 근데 열여섯 살이 됐을 때 어머니가 갑자기 세상을 떠났지 뭐니. 상상도 못 했던 일이었지. 카테리나는 깊은 슬픔에 빠졌단다. 그 뒤로 소녀는 자기 방 안에 틀어박혀서 나오려고 하지 않았어.

아내가 갑자기 떠나고 딸까지 그 지경이니까 상인은 걱정이 가득하지. 그는 지혜로운 사람을 불러서 그 일을 상의했어. 그러자 현자가 말했지.

"따님은 남다른 지혜를 가지고 태어났어요. 그걸 세상에 펼칠 기회를 만들어주세요. 최고의 학교를 세워서 학생들을 가르치게 하는 겁니다. 제자들을 키우다 보면 슬픔을 잊게 될 거예요."

상인이 들어보니까 아주 그럴싸하지 뭐니. 그는 최고급 기숙사 학교를 지은 뒤 카테리나에게 책임자가 돼서 학생들을 가르치게 했어. 카테리나는 마음이 솔깃했지. 얘가 지식과 지혜도 많지만 남을 이끌어 가르치는 걸 좋아했거든.

카테리나는 자기 식으로 교육과정을 짜고 자기 마음에 드는 선생님들을 모집했어. 그리고 학교에 커다랗게 써 붙였단다.

카테리나에게 최고의 수업을 받으세요. 학비는 무료입니다.

그러니까 수많은 학생들이 찾아왔지. 팔레르모뿐만 아니라 다른 곳에서도 많이 왔대. 기숙사가 있으니까 걱정 없지 뭐. 카테리나는 일일이 면접을 해서 학생을 뽑았어. 신분이나 재산을 안 따지고 재능과 열정만 봤단다.

그때만 해도 귀족과 평민을 차별하던 시절이었거든. 근데 이 학교는 그런 차별이 없어. 다들 나란히 앉아서 똑같은 조건에서 공부를 해. 하녀의 딸이라도 귀족의 딸보다 먼저 오면 더 좋은 자리에 앉혔지.

카테리나는 모든 학생들을 평등하게 가르쳤어. 근데 한편으로 아주 엄격해. 공부를 제대로 하지 않는 학생한테는 회초리를 아끼지 않았지. 예외는 없어. 그러니 아이들이 열심히 공부할 수밖에. 몇 년 만에 카테리나 학교의 명성은 나라 전체로 쫙 퍼지게 됐지.

그 소문을 듣고서 나라의 왕자가 학교에 찾아왔어. 왕자라도 예외는 없지. 일대일 면접이 필수야. 카테리나가 말을 나눠보니까 얘가 나름 똑똑해. 좀 거만한 게 흠이지만 말야. 그거야 가르쳐서 바로잡으면 되지 뭐. 카테리나가 그런 데는 아주 전문이거든.

실은 이 왕자가 카테리나하고 동갑이야. 그 학교는 나이를 안 따지고 학생들을 받아서 각자에게 맞는 교육을 했거든. 이른바 맞춤형 교육이지. 어느 날, 카테리나가 왕자에게 전날 가르친 걸 물어보는데 얘가 복습을 제대로 안 했지 뭐니. 대답을 못 하고 얼버무리니까 카테리나가 엄한 표정을 지으면서,

"게으름을 폈으니 벌을 받아야지! 어서 종아리를 걷어."

왕자가 주섬주섬 바지를 올리니까 카테리나가 회초리로 찰싹찰싹 때리는데, 아픈 것도 아픈 거지만 창피해서 견딜 수가 없지 뭐니. 자기보다 어린 아이들하고 평민의 자녀들까지 다 보고 있으니 말야. 하지만 카테리나는 그런 걸 따지지 않아.

카테리나에게 회초리를 제대로 맞은 왕자는 울그락불그락 야단이 났어. 얘가 궁궐로 들어가서 아버지에게 뭐라고 하냐면,

"아버지! 현명한 카테리나를 아내로 맞이하게 해주세요."

좋은 신붓감을 다 물리치던 아들이 그렇게 말하니까 왕이 웬일인가 싶지. 왕은 카테리나의 아버지를 궁궐로 불러서 왕자의 뜻을

전했어. 상인으로선 좋은 제안이지만 제 맘대로 할 수 있는 일은 아니지. 카테리나가 아버지가 말한다고 해서 들을 딸이 아니거든. 왕의 명령이라고 해도 마찬가지야. 본인 의사를 물어야지.

"네 학교에 다니는 왕자 알지? 왕자가 너하고 결혼하고 싶다는구나."

그러니까 카테리나가 길게 생각하지도 않고 대답하는 거야.

"좋아요. 받아들이겠어요."

카테리나도 내심 왕자가 마음에 들었었나 봐.

얼마 뒤 왕자와 카테리나의 결혼식이 성대하게 치러졌어. 카테리나는 결혼식 내내 의기양양하게 웃었지. 그날 밤에 어떤 일이 벌어질지도 모르고 말야.

밤이 되니까 왕자가 주변 사람들을 물리치고서 말했어.

"나를 때렸던 것 기억하죠? 이제 뉘우치시는지?"

"뉘우치다니요? 원하면 더 때려드릴 수 있어요."

카테리나가 그렇게 나오니까 왕자는 고개를 끄덕였어. 그럴 줄 알고 생각해 둔 계획이 있었지. 궁궐에는 땅속 깊은 곳에 창고가 있었단다. 말이 창고지 구덩이 같은 데야. 왕자가 카테리나를 그곳으로 데리고 가더니,

"이곳에서는 내 말이 법이지! 나를 때린 걸 사과하지 않으면 이 구덩이 속에 떨어질 거요."

"구덩이 속? 시원하겠네요. 사과라니 어림도 없어요!"

그러니까 왕자는 카테리나를 지하 창고에 넣고서 문을 딱 닫아

버렸어. 그러고는 침실에서 혼자 잠을 자는 거야. 다음 날 아침에 구덩이로 와서 아래를 내려다보면서,

"밤사이에 잘 생각해 봤소? 지금 기분은?"

"덕분에 시원하게 잘 잤어요. 지금 기분은, 너를 제대로 때려주고 싶다!"

"흥! 언제까지 버티나 봅시다."

그러면서 왕자는 그대로 돌아섰어. 누가 이기나 보자는 식이지. 카테리나가 굶어 죽으면 곤란하잖아? 심복을 시켜서 창고 안으로 먹을 걸 좀 넣어줬대. 마른 빵 같은 걸 말이지.

왕자는 카테리나가 지하 창고에서 고생을 하다 보면 결국 굽힐 거라고 생각했지. 하지만 완전 과소평가였어. 왕자만 심복이 있는 게 아니었지. 카테리나는 자기가 궁궐로 데려왔던 사람을 몰래 불러서 아버지에게 비밀 메시지를 전달했어. 지하 창고와 궁궐 밖을 연결하는 비밀 통로를 만들어달라는 거였지.

그 아버지가 돈이 아주 많은 사람이잖아? 실행력도 엄청나. 그는 딸의 연락을 받고서 곧바로 사람들을 사서 비밀리에 통로 개설 작업을 진행했단다. 얼마 안 가서 통로가 완성됐지. 통로에는 사이사이 등불까지 밝혀놨대. 카테리나는 그 통로로 나와가지고 집에서 편안히 잘 먹고 잘 지내는 거야. 왕자가 찾아올 시간에만 구덩이로 돌아가서 대답을 하지. 그런 줄도 모르고 왕자는 속으로 고민을 해. 빨리 사과를 받고 카테리나와 잘 지내고 싶었거든. 사실 그녀를 좋아하니까 말야.

그러던 어느 날, 왕자는 나폴리로 길을 떠나게 됐어. 그는 길을 떠나기 전에 구덩이로 와서 말했어.

"나는 나폴리에 다녀올 거요. 꽤 오래 걸릴 겁니다. 나에게 할 말이 없소?"

"여기서 나가면 당신을 제대로 혼내주겠어요."

아내가 그렇게 나오니까 왕자가 이러지도 저러지도 못해. 하지만 왕자는 알았다면서 나폴리로 떠나버렸단다. 부하에게 이것저것 챙겨서 넣어주게 하고 말이지. 사실 후회가 많았어. 공연히 일을 안 벌였으면 카테리나와 함께 나폴리로 갔을 테니 말야.

왕자가 떠나자 카테리나는 곧바로 비밀 통로로 해서 집으로 돌아왔어. 화려한 행차를 준비하고 길을 떠나서 왕자보다 더 빨리 나폴리에 도착했지. 거기서 잘 꾸미고 왕자를 기다리는 거야. 왕자가 도착해서 보니까 자기 아내하고 꼭 닮은 사람이 있지 뭐니.

"당신은 내가 사랑하는 카테리나와 꼭 닮았군요. 내 짝이 되겠어요?"

"좋아요!"

그래서 둘은 함께 살게 됐어. 아홉 달 뒤에 둘 사이에는 아들이 태어났지. 그들은 아들 이름을 나폴리라고 지었대.

그 후 왕자는 다시 제노바로 떠나게 됐어. 이번에도 제노바에 먼저 도착한 건 카테리나였지. 또다시 아내를 닮은 여자를 만난 왕자는 함께 살자고 했고, 여자는 기꺼이 받아들였지. 두 사람은 아홉 달 뒤에 또 아들을 낳았어. 그 아이 이름은 제노바야.

이걸로 끝이 아니야. 왕자는 얼마 뒤 베네치아로 가게 됐어. 이번에도 어김없이 카테리나가 먼저 도착했지. 왕자는 다시 그녀에게 반했고 둘은 함께 살면서 아들을 낳았단다. 그 아이 이름은? 그래, 베네치아.

왕자가 몇 년 동안 카테리나랑 닮은 사람하고 살았잖아? 그게 카테리나라고 생각하고 지냈던 거야. 마음속엔 죄의식이 많지. 진짜 아내는 지하 창고에 있다고 알고 있으니 말야. 그는 팔레르모로 돌아오자마자 구덩이로 가서 카테리나에게 말했어.

"아직도 생각이 안 변했나요? 제발 사과한다고 한마디만 해줘요. 그러면 원하는 걸 다 해줄게요."

"싫어요. 사과하지 않아요. 나가면 당신을 때려줄 거예요."

그러니까 왕자가 홧김에 말했어.

"정 그렇다면 이제 나도 몰라요! 다른 사람하고 결혼해서 살겠어요."

"그러시든가! 더 맞고 싶으면."

왕자는 정말로 여기저기 구혼을 해서 영국 공주를 아내로 맞게 됐단다. 결혼식 날짜가 돼서 영국 공주가 찾아왔다. 이제 막 결혼식이 진행될 참이야. 그런데 거기 초대받지 않은 손님이 떡 나타났지 뭐니. 카테리나가 왕자비 차림을 하고는 세 아들을 데리고서 들어온 거야. 아이들도 멋지게 입히고서 말이지. 아이들이 왕자에게 달려들면서,

"아빠!"

왕자가 보니까 그게 자기가 여행 중에 낳은 아이들이지 뭐니.

"너는 나폴리, 너는 제노바. 그리고 너는……."

"베네치아예요!"

세상에, 그게 진짜 카테리나였을 줄이야. 완전히 농락당했지 뭐야. 혼자 속앓이만 하면서 말이지. 하지만 자식을 이기는 부모는 없잖아? 아이들이 와서 안기니까 왕자의 마음이 다 풀어지지.

"당신이 내 발 밑이 아니라 머리 꼭대기에 있었군. 카테리나 선생님, 내가 졌습니다. 날 혼내주세요."

"그럼 이리 와서 등짝을 대요."

카테리나는 왕자에게 등짝 스매싱을 제대로 날렸단다. 웬일인가 싶어서 들썩이던 사람들이 왕자로부터 그간의 사연을 듣고는 다들 맞을 만하다고 하지.

"학생이 감히 선생을 이겨먹으려고 하면 안 되지!"

그래서 결혼식은 어떻게 됐냐고? 영국 공주는 헛걸음을 했지 뭐. 그날 결혼식의 주인공은 왕자와 카테리나였어. 그러니까 그게 두 번째 결혼식이야. 두루 다 따지면 다섯 번째가 되나? 하지만 이번이 진짜지. 왕의 아들과 상인의 딸이 아니라 사람과 사람으로 이어진 거니까 말야.

그 뒤로도 궁궐에서는 시시때때로 왕자가 등짝이나 볼기짝을 맞으면서 용서해 달라고 사정하는 소리가 들려왔대. 그렇게 오래오래 행복하게 잘 살았다지. 믿거나 말거나!

이야기에 대한 이야기

연이   엄지   이반   세라   로테 이모   뭉이쌤   약손할배

연이   세라 언니, 뭐야? 언니가 이런 이야기를 할 줄이야!

세라   이 이야기가 어때서? 왕자가 아내를 구덩이에 가두고 다른 여자를 찾은 것 때문에? 그거야 뭐 옛날이야기니까 그렇게 말하는 거지. 정말로 아내를 구덩이에 넣었다면 사형이지 뭐.

연이   구덩이가 진짜 구덩이가 아닌 건 알겠는데, 그 뜻을 어떻게 이해해야 할지가 좀……

세라   여자를 자기 발 아래에 묶어두려고 한 것으로 보면 되지 않을까? 금수저의 오만으로 말야.

연이   아, 좀 이해되기 시작했어요.

이반   내가 이 이야기에서 누나가 좋아했을 만한 포인트를 알지. 회심의 등짝 스매싱, 맞지?

세라   이반이 나를 좀 아는군. 근데 때려주는 것보다 왕궁 사람들 앞에서 기가 죽지 않는 게 더 멋져. 거기 왕도 있는 자리잖아.

뭉이쌤   내 생각에는 오래 이어진 모든 과정이 하나의 교육이었던 것 같아요. 왕자의 권위적 태도를 흔들어 깨뜨리는 과정이었다고나 할까? 왕자는 자기도 모르게 계속 등짝을 맞고 있었던 셈이죠.

로테 이모   부처님 손바닥 안의 손오공이 생각나네요. 그것도 손오공을 가르치는 과정이었죠.

세라 오, 아주 잘 맞는 비유네요.

이반 이 이야기 뭔가 근대적인 것 같아요. 카테리나는 시민계급, 왕자는 귀족계급, 이렇게 연결되지 않을까요? 카테리나가 교육을 중시하고 평등을 앞세우는 것도 그렇고요.

뭉이쌤 이반이 아주 잘 봤네. 왕이나 귀족은 시민계급을 발 아래로 봤지만 그들은 보이지 않는 곳에서 활개치면서 세상을 바꿔나가고 있었지. 지하의 구덩이와 비밀 통로를 그런 쪽으로 풀이할 수 있어.

엄지 그렇다면 왕자보다 카테리나가 더 빨리 이동한 것도?

이반 그러네. 시민계급이 귀족계급보다 기동력이 좋고 활동성이 뛰어나니까!

연이 근대사를 조금 배우긴 했는데, 이 이야기가 이렇게 풀이될 줄은 몰랐어요. 그건 진짜로 단순한 구덩이가 아니었군요.

엄지 근데 영국 공주는 황당했을 것 같아요. 엉뚱한 피해자 아닌가요?

약손할배 어쩌면 공주로서도 재미있는 구경거리 아니었을까? 결혼식을 다 보고 갔을 것 같아.

이반 흠, 신랑 대신 좋은 이야깃거리를 건진 셈인가요?

뭉이쌤 어쩌면 카테리나는 그렇게 자기 존재를 세계에 널리 알린 것일지도 모르지.

세라 시민계급의 힘이 세계로 퍼져나가는 상황인가요?

뭉이쌤 그럴지도요. 이렇게 우리의 이야기는 또 이리저리 퍼져 나가는군요. 다음 이야기는 누가?

이반 제가 한번 해볼게요.

혹시 칼미크족이라고 들어보셨나요? 오이라트족이라고도 불리는 민족이에
요. 원래 시베리아에서 살던 민족인데, 한때 몽골을 지배한 적도 있대요. 지금
은 카스피해 북쪽 지역에 살고 있지요. 그 지역이 러시아에 속하는데, 러시아
사람들과 그리 친하지는 않다고 해요. 근데 왜 갑자기 칼미크족이냐고요? 제
가 들려드릴 이야기가 칼미크족이 전해온 민담이거든요. 심각한 얘기는 아니
니까 편안히 들어주시면 좋겠습니다.

바보 남편의 현명한 아내

*

칼미크족 민담

옛날, 어떤 왕에게 아들이 딱 하나 있었는데 바보 중의 바보였습니다. 왕은 아들을 볼 때마다 눈앞이 캄캄했어요. 자기가 죽고 아들이 왕위를 물려받으면 나라가 어찌 될지 생각만 해도 앞이 캄캄했지요.

"방법은 하나밖에 없어. 내가 어떤 수를 써서라도 현명한 처녀를 구해서 아들과 짝지어 줘야 해. 옆에서 현명하게 보살펴 주면 나라가 망하지는 않을 테니까."

그래서 왕은 나라 이곳저곳을 두루 찾아다니기 시작했습니다. 현명한 며느릿감을 찾기 위한 여행이었어요. 세상에는 영리한 처녀들이 많았죠. 하지만 자기 앞가림을 할 만큼 영리한 걸로는 부족했어요. 바보 남편을 제대로 이끌면서 나라를 지키려면 지혜가 남달라야 했지요. 그런 처녀를 찾는 건 쉬운 일이 아니었습니다.

그러던 어느 날, 왕이 말을 타고 한 마을을 지나가면서 보니까 아가씨 셋이 벽돌을 모으고 있었어요. 그때 갑자기 하늘에서 비가

쏟아졌습니다. 그러자 아가씨 둘은 비를 피하려고 벽돌을 놓고서 집으로 달려갔어요. 하지만 한 아가씨는 비를 맞으면서 그대로 남았습니다. 그녀는 입고 있던 코트를 벗어서 벽돌을 덮은 뒤 가축들을 챙기기 시작했습니다. 그러다 보니 온몸이 흠뻑 젖어버렸죠.

왕이 그 처녀에게 다가가서 물었어요.

"비를 안 피하고 다 맞다니, 왜 그랬느냐? 친구들은 다 들어갔는데 말이다."

"친구들은 한 번 이기고 두 번 졌어요. 저는 한 번 지는 대신 두 번 이겼죠."

"그게 무슨 말인지 설명해 봐라."

"제가 진 것은 저의 몸과 코트가 비에 젖은 일입니다. 그 대신 벽돌이 비에 젖지 않도록 하고 가축을 안전한 곳으로 옮겼어요. 그러니 두 번 이긴 것이지요. 저는 젖은 몸과 코트를 난로에 말린 뒤 마른 벽돌을 옮길 거예요. 가축에게서 젖을 짤 거고요. 내 친구들은 옷을 지킨 대신 다른 것들을 잃었죠."

그 말을 들은 왕은 아가씨에게 흥미가 생겼어요. 뭔가 더 시험을 해보고 싶었습니다.

"내가 저 앞에 있는 강을 건너야 하는데, 어디로 가야 하지?"

"오른쪽으로 가세요. 오래 걸리지만 더 짧답니다. 왼쪽으로 가면 더 짧지만 오래 걸리지요."

그 말이 그 말이잖아요? 하지만 왕은 그 말을 알아들을 만큼 현명했어요.

"오호! 왼쪽으로 가면 길은 짧지만 늪이나 여울이 있어서 시간이 오래 걸린다는 말이구나. 오른쪽은 길이 멀어서 오래 걸리지만 다른 장애물이 없어서 금방 건널 수 있다는 뜻이고."

그러자 아가씨는 말없이 고개를 끄덕였어요. 그녀도 이 사람의 지혜를 알아차렸지요. 웬만한 사람은 그렇게 말하면 알아듣질 못하거든요.

"마을에서 네가 사는 유르트를 찾으려면 어떻게 해야 하지?"

유르트는 천막처럼 생긴 집이에요. 유목민들이 사는 집이죠.

"마을로 들어오면 우리 유르트를 곧 알아보실 수 있어요. 60개의 창문과 60개의 첨탑이 솟아 있거든요. 한번 찾아오세요."

그러면서 아가씨는 총총걸음으로 사라졌습니다.

왕이 아가씨를 시험하려다가 자기가 시험을 당한 꼴이 됐어요. 마을로 들어간 왕은 이리저리 유르트들을 살폈죠. 창문이 60개나 되는 유르트는 있을 수가 없어요. 기껏해야 한두 개뿐이죠.

그때 왕의 눈에 칠흑같이 검은 유르트 하나가 들어왔어요. 보니까 구멍이 하나 있는데, 안을 들여다보니까 맞은편 창문으로 해서 온 마을의 유르트들이 다 보였습니다. 창문과 기둥들까지요.

"시야에 모든 창문과 기둥들이 다 들어오니까 60개 창문과 첨탑을 가진 셈이야. 이 집이로구나."

왕이 그 유르트에 들어가 보니 웬 노인이 앉아 있었습니다. 왕이 거기서 조금 기다리니까 조금 전 그 아가씨가 벽돌을 들고서 안으로 들어왔지요. 왕이 아가씨에게 물었습니다.

"이 마을에는 벽돌이 다 합쳐서 얼마나 있느냐?"

그러자 아가씨가 곧바로 대답했어요.

"임금님의 말이 궁전에서 우리 집까지 밟고 올 만큼 있습니다."

들어보니 대답이 참 절묘해요. 게다가 자기가 임금이라는 걸 딱 눈치챘지 뭐예요. 말도 안 했는데 말이죠.

왕은 그 유르트를 떠나면서 따로 노인을 불러서 말했습니다.

"왕의 이름으로 명령한다. 내일 내가 다시 올 테니, 나를 위해서 재를 가지고 유르트를 만들고 황소 젖으로 만든 음료를 준비해 두거라. 내 말대로 하지 못하면 벌을 받게 될 것이야."

그 말을 들으니 노인이 기가 막히죠. 재를 가지고 어떻게 집을 짓겠어요? 황소 젖은 또 어떻게 짜고요. 하지만 노인에게 말을 전해 들은 딸은 태연했어요. 걱정 말라고 아버지를 안심시켰습니다.

그녀는 기둥을 세운 뒤 두꺼운 천을 둘러서 유르트를 만들었어요. 그러고는 천에 불을 붙였죠. 그 천은 불에 타도 모양이 허물어지지 않는 천이었어요. 천이 타서 재로 변하니까 누가 봐도 재로 지은 유르트였죠. 딸은 아버지에게 그 안에서 배를 잡고 뒹굴면서 소리치도록 시켰습니다.

왕이 와서 보니까 전날 못 보던 유르트가 있는데 진짜로 재로 만들었지 뭐예요. 그 안에서 웬 노인이 배를 움켜쥐고서 죽는 소리를 내고 있어요.

"쉿! 물러서세요! 지금 아버지가 아기를 낳고 있습니다."

"뭐라고? 남자가 어찌 아기를 낳는단 말이냐?"

그러자 아가씨가 말했죠.

"위대한 왕이시여! 황소 젖으로 음료를 만드는 나라에서는 가능한 일입니다."

그 말에 왕은 무릎을 치면서 감탄했습니다. 됐다 싶었죠. 하지만 시험은 아직도 남아 있었습니다.

"내일 왕궁으로 오너라. 왕궁으로 올 때 내가 시킨 대로 하면 너를 며느리로 삼으마. 첫째, 머리가 두 개 있는 말을 타고서, 둘째, 길도 풀밭도 아닌 곳으로 달려와서, 셋째, 유르트 안도 바깥도 아닌 곳에 앉도록 해라."

보니까 시험이 한 가지가 아닌 세 가지예요. 하지만 아가씨는 '그 정도야 뭐.' 하는 반응이었죠.

다음 날, 아가씨는 암말을 타고서 길을 나섰어요. 그 말은 임신한 상태였죠. 그녀는 수레바퀴 자국이 이어진 사이로 풀들이 나 있는 곳을 밟으면서 앞으로 달려갔습니다. 왕궁 앞에 있는 유르트에 다다르자 문으로 쓰는 천막을 걷어서 등 뒤를 감싸고는 문지방 밖에 앉았죠. 왕이 내건 조건을 다 충족시킨 거예요. 왕은 기뻐하면서 그 아가씨를 아들과 결혼시켰습니다.

아들이 결혼한 지 얼마 안 돼서 왕은 큰 병이 들었어요. 그는 아들을 불러서 말했습니다.

"아들아, 초원으로 가서 엉겅퀴에게 낮은 어떻게 지내고 밤은 또 어떻게 지내는지 물어서 답을 받아 오너라."

말이 없는 엉겅퀴에게 답을 들어서 오라니 막막하죠. 더군다나

이 아들이 머리가 좀 모자라잖아요. 하지만 그는 오래지 않아서 답을 찾아서 아버지에게로 돌아갔습니다.

"엉겅퀴가 말해줬어요. 내가 낮을 어떻게 보내는지는 협곡이 알고 밤을 어떻게 지내는지는 바람이 안다고요. 협곡에게 물어보고 바람에게 물어보시면 됩니다."

왕은 그 대답이 며느리 머리에서 나온 것을 알아차렸죠. 그 말을 듣고 보니 마음이 놓였습니다. 왕은 마지막으로 아들에게 또 한 가지를 시켰어요. 시험을 꽤나 좋아하는 왕이었나 봐요.

"가서 말을 데려오되 그 말이 동시에 앞을 보고 뒤를 보게 하거라. 한꺼번에 앞과 뒤를 다 봐야 해."

아들은 다시 아내에게 찾아가서 도움을 청했죠. 얼마 뒤 그는 출산을 앞둔 암말을 끌고서 돌아왔어요.

"아버지, 시키신 대로 했습니다. 뱃속에 있는 말은 엄마와 반대 방향으로 서 있어요. 그러니 지금 동시에 앞과 뒤를 보고 있지요."

그 말을 들은 왕은 조용히 고개를 끄덕였어요. 눈에 살짝 눈물도 고였죠. 그는 현명한 며느리가 자기 아들을 잘 도와서 나라를 챙길 것이라는 사실을 알고서 편안하게 눈을 감을 수 있었습니다.

이야기에 대한 이야기

연이 　엄지 　이반 　세라 　로테 이모 　뭉이쌤

세라 　유목민 이야기였구나. 노마드(nomad). 뭔가 특별한 색깔이 있어. 낮에 어떻게 지내는지는 협곡이 알고 밤에 어떻게 지내는지는 바람이 안다, 이런 거 그럴싸해!

이반 　사실 나도 그 대목에서 반했어. 맨 마지막 부분하고. 뱃속에 있는 말이 반대편을 보는 줄 몰랐었거든.

뭉이쌤 　그건 말 그대로 생활의 지혜라 할 수 있지. 머리를 영리하게 잘 굴리는 것하고는 다른 차원이야.

엄지 　저는 그 아가씨가 비를 다 맞으면서 할 일을 하는 모습이 대단했어요.

뭉이쌤 　그래. 그런 사람이니까 바보 남편도 잘 챙길 수 있었을 거야.

연이 　오오, 비에 안 맞게 벽돌을 덮어준 것처럼 남편도 덮어주는 건가요? 멋지다!

세라 　하여튼 생활력이 대단한 것 같아. 어떤 일이든 척척 해결하는 걸 보면 말이지. 지혜와 행동이 일치한달까?

이반 　왕도 그런 부분을 눈여겨보고서 이 아가씨를 골랐을 거예요.

엄지 　힘들게 일하면서 산 사람이니까 사람들의 어려운 점을 잘 알았을 거예요.

연이 　그렇겠다! 어려움을 겪어본 사람이 다른 이의 어려움을 아는 법이니까 말야.

로테 이모 어쩌면 왕이 바뀐 뒤에 그 나라가 더 번창했을지도.

세라 그럴 수 있겠어요. 그나저나 로테 이모가 오랜만에 입을 여시니까 반갑네요. 이야기도 하나 해주세요.

연이·엄지 이모님, 해주세요!

로테 이모

내가 체코에서 전해온 이야기를 하나 해볼게요. 사실 유럽 여러 나라에 비슷한 이야기가 있는데, 체코 것이 내 마음에 들었어요. 조금 전에 이반 학생이 한 이야기하고도 살짝 비슷한 점이 있을 거예요.

현명한 아내 만카

체코 민담

옛날에 돈 많은 농부가 살았는데 아주 뻔뻔한 사람이었어요. 말도 안 되는 억지로 사람들을 괴롭히고 손해를 끼치기도 했지요. 어느 순진한 양치기가 그걸 모르고 이 사람에게 걸려들었지 뭐예요. 1년 동안 가축을 돌봐주는 대가로 암소 한 마리를 받기로 약속했는데, 약속한 때가 되니까 이 농부가 모르는 척하는 거예요.

"어허, 암소라니! 암소 값이 얼만데 내가 그런 말도 안 되는 약속을 했다는 거요?"

암소를 받을 생각으로 열심히 일한 양치기는 기가 막혔지요. 둘 다 조금도 물러서지 않아서 결국 시장에게 판결을 받게 됐어요. 시장이 들어보니까 증거가 없어서 한쪽 편을 들기가 애매한 거예요. 그는 이렇게 판정했답니다.

"현명한 사람이 가치 있는 것을 가질 자격이 있는 법! 내가 내는 수수께끼에 더 훌륭한 답을 찾아온 사람이 이긴 것으로 하겠소."

그러면서 시장이 낸 수수께끼는 세 가지였답니다.

"세상에서 제일 빠른 것은? 제일 단 것은? 그리고 제일 부유한 것은? 내일 이 시간까지 답을 찾아오시오. 땅 땅 땅."

부자 농부는 시장이 당연히 자기 편을 들어줄 거라 생각했어요. 권력이 있는 사람은 부자하고 친한 법이니까 말이죠. 그는 집으로 와서 식식대면서 마구 짜증을 냈어요. 아내가 얘기를 전해 듣더니 이렇게 말해요.

"에이, 괜한 걱정은! 아주 쉬운 수수께끼네. 내가 알려주는 대로 답하면 돼요."

그러면서 답을 말해주니까 부자는 기분이 좋아졌죠. 암소를 주는 일은 일어날 수 없다고 믿었어요. 다음 날, 그는 약속 시간이 되자 시장 앞으로 가서 자신 있게 말했답니다.

"세상에서 제일 빠른 것은 우리 집 말입니다. 제일 단 것은 우리 집 꿀입니다. 제일 부유한 것은 금화가 가득 든 금고이고요."

그러니까 사람들이 다 그럴싸하게 생각해요. 그 집 말이 워낙 빨랐거든요. 꿀이 더없이 달고 금이 귀한 것도 딱 맞는 말이잖아요?

"자, 이제 양치기께서도 답을 해보시지요."

그러자 양치기는 이렇게 말했답니다.

"제일 빠른 것은 생각입니다. 눈 깜짝할 사이에 어디든 가지요. 제일 단 것은 잠입니다. 지쳤을 때의 잠만큼 단 것이 없어요. 제일 부유한 것은 땅입니다. 모든 것이 땅에서 나오니까요."

사람들이 그 말을 듣고서 다들 감탄을 해요. 누가 봐도 더 멋지고 정확한 답이에요. 시장도 그의 손을 들어줄 수밖에 없었답니다.

"암소는 양치기의 것입니다. 땅 땅 땅."

그래서 양치기는 뻔뻔한 농부로부터 암소를 받게 됐어요. 그가 소를 끌고 가려 하는데 시장이 살짝 불러서 물었지요.

"그 답을 직접 생각해 낸 건가요? 다른 사람의 머리에서 나온 거 맞죠?"

"저에게 만카라는 딸이 있는데 개가 답을 말해줬습니다."

그 말을 듣고 보니까 시장이 그 처녀를 만나보고 싶은 거예요. 시장은 처녀를 시험해 보려고 양치기에게 이상한 주문을 했어요.

"제가 달걀 열 개를 드릴 테니, 따님에게 내일 아침까지 병아리를 부화시키게 해서 가지고 오십시오. 그러면 내가 선물을 드리겠소."

달걀을 하루 만에 부화시키라니 말도 안 되는 소리잖아요? 어떻든 양치기는 딸에게 그 말을 그대로 전했어요.

그래서 다음 날 어떻게 됐을까요? 양치기가 다시 시장을 찾아왔는데, 가지고 온 건 병아리가 아니라 보리 한 줌이었어요.

"만카가 말하길, 이 씨앗을 심어서 내일까지 수확해 주시면 병아리들을 데려와서 먹이겠답니다."

그러자 시장은 껄껄 웃으면서 말했어요.

"정말 지혜롭군요. 당신 딸과 결혼하고 싶습니다. 따님더러 나에게 오라고 해주세요. 다만 밤도 아니고 낮도 아닌 때에, 옷을 입지도 안 입지도 않은 채로, 무엇을 탄 것도 걷는 것도 아닌 상태로 와야 합니다."

그 말을 전해 들은 만카는 다음 날 새벽 해 뜨기 전에 고기 잡는 어망으로 몸을 칭칭 감싼 다음, 한 다리를 염소 위에 걸치고 한 다리는 땅을 디디고서 시장에게 왔어요. 시장이 보니까 자기가 말한 조건을 제대로 다 지켰지 뭐예요.

"훌륭합니다. 당신 같은 짝을 찾고 있었어요. 나하고 결혼해 주십시오."

만카가 보니까 그 시장이 아직 젊은 데다 현명하기도 해서 괜찮겠다 싶은 거예요. 그래서 청혼을 받아들였죠. 그다음은 일사천리. 결혼 날짜가 잡혔고, 두 사람은 부부가 됐답니다. 근데 결혼식을 하기 전에 시장이 만카에게 한 가지 조건을 내걸었어요.

"당신이 현명하다고 해서 내가 하는 일에 참견하면 안 돼요. 괜히 내 일에 끼어들면 집으로 돌려보낼 겁니다."

만카로서는 굳이 남편 일에 개입할 이유가 없지요. 그래서 그렇게 약속하고서 결혼을 했어요. 만카는 약속을 지키면서 조용히 지냈고, 평화로운 날들이 이어졌지요.

그러던 어느 날, 한 가지 문제가 발생하고 말았어요. 남편이 시장으로서 이치에 안 맞는 판결을 내린 게 발단이었지요.

농부 두 사람 사이에 분쟁이 있었거든요. 한 농부가 망아지가 딸린 말을 샀는데, 망아지가 다른 농부의 마당에 있는 마차 아래로 들어가서 숨은 거예요. 농부가 망아지를 꺼내 가려고 하니까 마차 주인이 와서 자기 것이라면서 돌려주기를 거부했지요. 시장이 판결을 해야 하는데, 잠깐 딴생각을 했는지 어쨌는지 이렇게 판결했답니다.

"망아지는 자기 집을 찾아가는 법이니 발견된 곳이 집입니다. 망아지는 마차 주인의 것이에요. 땅 땅 땅."

한번 판결이 내려지면 그걸로 끝이에요. 말을 산 농부가 이리저리 사정해도 소용없었지요. 그는 울상을 지으며 그곳을 떠났어요. 그런데 길에서 우연히 시장 부인을 만난 거예요.

"사모님! 이렇게 억울할 데가 있습니까?"

그러면서 그는 시장이 내린 판결에 대해 불만을 털어놨답니다. 만카가 들어보니까 남편이 일을 잘못 처리했지 뭐예요. 하지만 남편에게 그렇게 말하기는 좀 그렇잖아요? 그는 농부에게 살짝 뭐라 뭐라 귓속말을 해줬어요.

다음 날, 시장이 출근하는데 웬 사람이 길바닥에 그물을 펼쳐놓고 있는 거예요.

"아니, 지금 길에서 뭐 하시는 겁니까?"

"뭐 하기는요. 물고기를 잡는 중이죠. 마차가 망아지를 낳는데, 땅이 물고기를 못 낳겠습니까?"

시장이 그 말을 듣고서 잘 살펴보니까 전날 재판정에 왔던 농부예요. 사실 시장도 그 판결을 내리고서 찜찜했거든요. 그런데 이렇게 탁 걸려들고 나니까 할 말이 없어요.

"알겠소. 내가 재판을 다시 열어서 억울함을 풀어드리지요. 하지만 조건이 있소. 지금 이 방법을 누가 알려줬는지 말해주시오."

그러니까 그 농부가 입을 꾹 닫고서 말을 안 하는 거예요. 시장 부인에게 말을 안 하겠다고 단단히 약속했거든요. 시장이 다시 말했어요.

"말을 안 하기로 했군요. 좋아요. 그러면 고개만 살짝 끄덕이시오. 자, 그걸 알려준 사람은 나하고 같은 방에서 밤을 보내는 사람이 맞죠?"

다 알고 묻는데 피할 도리가 없어요. 농부는 울상을 지으면서 살짝 고개를 끄덕였답니다. 어떻든 말을 하지는 않았어요. 시장은 다시 재판을 열어서 전날의 판결을 번복하고 그 농부가 망아지를 찾아가게 했답니다.

그날 저녁, 시장은 집으로 돌아와서 아내에게 말했어요.

"내 일에 개입하지 말라고 분명히 말했을 거요. 변명은 필요없소. 친정으로 돌아가시오. 내가 너무 심했다는 말은 듣고 싶지 않으니, 이 집에서 제일 좋아하는 것 한 가지를 가져가도 좋소."

그러자 만카가 말했어요.

"알겠어요. 약속을 어겼으니 어쩔 수 없지요. 그래도 마지막으로 함께 저녁 식사를 하고서 헤어지도록 해요."

"알겠소. 마지막 소원인데 들어줘야겠지."

그러자 만카는 남편이 좋아하는 음식을 정성껏 만들어서 멋진 만찬을 베풀었답니다. 좋은 포도주도 충분히 준비했지요. 그게 최후의 만찬이잖아? 시장도 실컷 먹고 마음껏 마셨어요. 그가 술에 취해서 잠들자 만카는 어떻게 했을까요? 미리 준비해 놨던 마차에 남편을 태우고는 말을 몰아서 자기 집으로 갔답니다.

다음 날 아침에 시장이 눈을 떠보니까 양치기 집이지 뭐예요.

"아니, 이게 어찌 된 거요? 내가 왜 여기 있는 거지?"

"어찌 되긴요? 나에게 집에서 제일 좋아하는 것 한 가지를 가져가라고 했잖아요. 그게 당신이라서 가져온 거예요."

그 말에 남편은 잠시 멍해졌다가 껄껄껄 너털웃음을 터뜨리고 말았답니다.

"만카, 당신에게는 못 당하겠구려. 내가 어떻게 당신을 사랑하지 않을 수 있겠소. 함께 집으로 돌아갑시다."

만카를 데리고 돌아간 뒤에 시장은 어려운 문제가 생길 때마다 이렇게 말했다고 해요.

"보자, 이 문제는 아내에게 물어보는 게 좋겠어요. 내 아내가 현명한 사람이라는 건 다들 잘 알지요?"

이야기에 대한 이야기

연이	엄지	이반	세라	로테 이모	뭉이쌤	약손할배	노고할망

세라　만카 최고예요. 정말로 사랑받을 만하다. 그야말로 삶을 위한 지혜예요.

약손할배　내가 만카 같은 사람하고 평생을 살았지. 하하.

로테 이모　제가 잘 알죠. 자랑하실 만해요.

이반　시장이 만카에게 자꾸 시험을 내는 것도 그렇고, 이상한 모습으로 찾아오라는 것도 그렇고, 조금 전에 제가 한 이야기하고 비슷해서 놀랐어요.

뭉이쌤　옛날이야기가 만국 공통이라는 증거지. 로테 이모님이 처음에 얘기한 것처럼 이것과 비슷한 이야기가 다른 나라들에도 많아. 이 이야기에서는 시장이지만, 시험을 내는 주체가 왕인 경우가 많지. 처녀는 언제나 서민 집안의 딸이고.

세라　제가 옛이야기를 말하고 들으면서 느끼는 건데, 설화는 신분이나 재산보다 사람 우선인 것 같아요.

뭉이쌤　그래요. 옛이야기의 기본 철학을 한마디로 표현하면 휴머니즘이라고 할 수 있죠.

엄지　옛이야기를 좋아하면 휴머니스트가 되는 건가요?

노고할망　그렇지. 그건 내가 보증할게.

연이　짜잔! 휴머니스트 여신님 두둥 등장! 할머니, 재미있는 이야기 하나 해주세요.

이반   우리를 휴머니스트의 길로 인도해 주세요!

노고할망   그래, 내가 예전에 미뤄뒀던 이야기를 해보마. 원천강 오늘이 이
야기 생각나니?

연이   네, 생생하게 기억하고 있어요.

노고할망   그 이야기 속에서 늘 책만 읽던 장상 도령과 매일이 처녀가 결혼
하잖아? 그 뒷이야기를 해줄게.

연이   와아! 그 이야기 궁금했어요. 잠깐! 이 이야기는 퉁이 오빠도 들
어야 해. 제가 얼른 가서 불러올게요.

부모를 만나려고 원천강을 찾아갔던 오늘이라는 아이가 있었지. 그 아이는 길을 가는 동안 여러 사람과 동물을 만났는데 중매장이 역할까지 했지 뭐냐. 바다 이쪽에서 글을 읽던 장상이와 바다 저편에서 글을 읽던 매일이를 연결해서 부부가 되게 했으니 말야. 그 뒤에 두 사람은 오래오래 행복하게 살았다고 해. 이제 두 사람이 무엇을 하면서 어떻게 살았는지에 대한 이야기를 들려줄게. 주인공은 '매일장상'이야. 매일이와 장상이를 합친 말이지. 둘은 임금보다 더 큰 부자로 살았단다. 어떻게 부자가 됐는지 듣고 나면 다들 고개를 끄덕일 거야. 근데 이야기에서 매일장상은 조금 뒤쪽에 나와. 그 전에 나오는 건 임금이지. 지상에서 제일 힘센 임금. 바로 세민황제란다. 하지만 그보다 더 센 임금도 있어. 바로 저승왕이야. 이야기에서 둘이 딱 만나게 된단다.

매일과 장상이 살아가는 법

*

한국 신화

옛날, 이 세상에 세민황제라는 힘센 임금이 살았어. 넓디넓은 땅을 통째로 차지하고서 마음껏 권세를 누렸지. 황제는 하늘 아래 최고라서 아무것도 무서울 게 없었단다.

그런데 이 사람이 아주아주 욕심쟁이였지 뭐야. 권력이면 권력, 돈이면 돈, 보물이면 보물, 모든 걸 다 가졌는데도 도대체 만족이라는 걸 몰라. 다른 사람이 가진 것을 마구 빼앗아서 자기 걸로 만들곤 했지. 그러고는 보란 듯이 껄껄 웃는 거야.

"하하하. 이게 권력의 맛이라는 거지!"

황제는 사람들의 마음까지 지배하려고 했어. 사람들에게 자기만 받들게 했지. 백성들이 부처님이나 신령님을 믿는 걸 그냥 두고 보질 않아. 붙잡다가 감옥에 가두고 마구 매질을 했단다.

사람들이 그런 독재자를 좋아할 리가 없지! 마음속에 울분이 꽉 차서 부글부글 끓었어. 하지만 황제가 가진 권력이 워낙 크다 보니 나서서 싸우질 못해. 하늘을 바라보며 원망할 뿐이었단다.

"하느님은 저런 놈 안 잡아가고 뭐 하시나 몰라!"

"그러게 말야! 황제가 덜컥 죽어버리면 원이 없겠어."

사람들의 이런 마음이 저승까지 전달된 걸까? 어느 날, 세민황제는 갑자기 몸에 힘이 쫙 빠지더니 짚단처럼 풀컥 고꾸라져서 죽어버렸어. 인생이란 한 치 앞을 모른다고 하잖아? 딱 그 모양이지.

사람은 죽으면 다들 저승으로 가게 돼 있어. 저승차사가 찾아와서 망자를 저승으로 데리고 가지. 세민황제도 저승차사 강림도령에게 꽁꽁 묶여서 저승으로 끌려갔어. 그랬더니 한순간에 저승에 큰 난리가 났단다. 사람들이 방망이를 들고 몰려와서 황제를 마구 두들겨 패는데, 저승 병사들이 말리지 못할 정도야. 누구냐면 생전에 억울하게 갇히고 매 맞은 사람들이었지.

"이놈아! 네 권세가 영원할 줄 알았냐? 맛 좀 봐라!"

황제가 울상이 돼서 저승차사를 쳐다봤지만, 편을 들어줄 이유가 없지. 못 본 척 시치미를 뚝. 그래서 황제는 죽은 몸이 또 죽을 만큼 몰매를 맞았단다. 강림도령이 몰골이 된 황제를 끌고 가니까 저승왕이 호통을 쳤어.

"네가 생전에 부린 욕심이 바다 같으니 뱀이 가득한 지옥에서 만 년 동안 지내거라."

그때 사람들이 잔뜩 몰려와서 저승왕한테 말했어.

"황제가 이승에 있을 때 우리 재물을 빼앗았습니다. 돌려받게 해주십시오."

그러자 저승왕이 세민황제에게 말했지.

"이승에서 빼앗은 건 저승에서 다 갚도록 되어 있다. 저 사람들한테 빼앗은 걸 이자까지 쳐서 당장 갚아라."

갑자기 돈을 갚아야 한다니 황제가 황당하지.

"제가 맨몸으로 왔는데 무엇으로 빚을 갚는단 말입니까?"

"사람은 누구나 저승에 창고가 있다. 이승에서 베푼 만큼 쌓이게 돼 있지. 거기 있는 걸 꺼내서 갚으면 된다."

황제는 차사의 안내를 받아서 자기 창고가 있는 데로 가서 문을 열었어. 보니까 텅 빈 창고에 찬 바람만 횡 불지 뭐냐. 안에 있는 거라고는 낡은 볏짚 한 단밖에 없었단다. 황제가 생전에 베푼 일은 어떤 노인에게 볏짚 한 단을 던져준 게 전부였던 거야.

황제가 저승왕에게 그런 사정을 얘기하니까 저승왕이 화를 내면서,

"네가 그동안 어떻게 살았는지 이제 알겠느냐? 이승은 길어봤자 백 년이지만 저승에서는 만 년이야! 만 년 동안 몸으로 때우는 수밖에 없다."

그러자 황제가 눈물을 뚝뚝 흘리며 말했어.

"제가 잘못했습니다. 큰 죄를 졌어요. 저 사람들의 빚을 갚을 수 있도록 돈을 빌려주십시오"

그러자 저승왕이 이렇게 말하는 거야.

"네가 이승의 매일장상을 아느냐?"

"매일장상…… 처음 듣는 이름입니다."

"네가 잘못을 뉘우치는 듯하니 내가 한번 기회를 주마. 매일장

상의 창고에 가면 재물이 있을 게다. 그 재물을 빌려서 쓰고 이승에 가서 갚아주거라."

황제가 차사의 인도로 매일장상의 창고를 찾아갔더니 이게 웬일이야. 창고 문을 열기도 전에 안에서 따뜻한 기운이 풍겨 나와. 창고 안에는 재물이 꽉 차 있었지. 황제가 진 빚을 다 갚고도 남을 정도야. 황제는 그 돈으로 사람들에게 일일이 빚을 갚았단다.

그때 저승왕이 세민황제를 불러서 말했어.

"사실 너는 아직 저승에 올 때가 아니었다. 하늘 무서운 줄 모르니 혼내주려고 불러들였지. 이제 이승으로 돌아갈 시간이다. 돌아가면 해야 할 일이 무엇인지 잘 알겠지?"

"네, 압니다. 이전과는 다른 사람이 되겠습니다."

그러자 저승왕이 이렇게 말해.

"저쪽으로 가다 보면 송아지가 길을 인도한다고 할 게다. 그 말을 듣지 말고 곧은 길로 쭉 나가거라. 또 강아지가 나타나서 뭐라 해도 그 말을 듣지 말고 계속 곧은 길로 쭉 나아가. 그러면 차사가 이승 가는 길을 알려줄 게다."

세민황제는 저승왕이 시킨 대로 앞으로 나아갔어. 송아지와 강아지 말을 무시하고 곧은 길로 나아가서 차사를 만났지. 차사는 웬 문을 열더니 황제를 컴컴한 데로 들어가게 했어. 황제가 들어가니까 뒤에서 등을 냅다 떠밀지 뭐냐. 황제는 아래로 뚝 떨어져서 연못 같은 데로 텀벙 빠졌단다.

"어이구! 어이구! 사람 살려!"

그래서 어떻게 됐을까? 황제가 깜짝 놀라서 소리치다 눈을 뚝 떠보니 이승이었지. 죽었다가 다시 살아난 거야. 보니까 사람들이 자기 장례를 치르려고 법석을 떨고 있었지.

정신을 차린 세민황제는 모든 신하들을 불러모았어. 이리저리 사람들을 쭉 둘러보고 나서 조용히 입을 열었단다.

"내가 저승에 가서 많은 걸 깨달았습니다. 그간 참 많은 죄를 지었어요. 이제 다르게 살아보려고 합니다."

신하들이 보니까 말투와 표정이 죽기 전하고는 딴판이야. 다들 어안이 벙벙해서 끔뻑끔뻑 두리번두리번 웅성웅성. 그때 황제가 다시 말했어.

"사람을 찾아야 합니다. 매일장상이 어디 있는지 알아봐 주세요."

그러자 신하들은 온 세상으로 사람들을 보내 매일장상을 찾기 시작했어. 생각보다 찾기가 어려웠단다. 이름난 사람들이 아니었거든.

마침내 그들은 머나먼 동쪽 땅에서 매일장상을 찾아냈어. 매일장상은 한 사람이 아니라 두 사람이었단다. 매일이와 장상이. 이들이 늘 한마음으로 한 몸처럼 살다 보니 '매일장상'으로 불린 거야.

매일장상을 찾았다는 말을 들은 세민황제는 아주 기뻤어. 일부러 허름한 차림새를 하고 길을 떠나 매일장상을 찾아갔지. 마침내 매일장상의 집 앞에 선 황제는 깜짝 놀랐어. 굉장한 부잣집일 거라고 생각했는데 아담한 초가집이었거든.

'여기가 정녕 매일장상의 집이란 말인가? 저승에서 제일가는

부자가 이렇게 살다니 신기한 일이로다.'

하지만 거기는 매일장상 집이 분명했어. 활짝 열린 대문 위에 '매일장상의 집'이라고 크게 써 있었거든. 그 아래에는 작은 글씨로 이렇게 써 있었단다.

배고프고 목마른 분들 아무라도 들어오세요.
길 가다가 힘드신 분들 모두 모두 환영합니다.

황제가 안으로 들어가니까 한 여자가 밝게 웃으면서 맞이해.

"어서 오세요! 처음 뵙는 분이네요. 먼 길을 오셨나 봐요. 이리 들어와 앉으세요."

그곳은 식당이었어. 밥도 팔고 차도 팔고 술도 팔고. 많은 사람들이 음식을 먹으며 즐겁게 떠들고 있었지. 누가 만든 음식? 그래, 매일이가 만든 음식! 매일이는 음식 만드는 일을 하면서 살고 있었던 거야.

황제가 집 안 다른 곳을 살펴보니까 한쪽에 신발이 잔뜩 걸려 있었어. 짚신과 미투리까지 종류가 많은데, 딱 봐도 정성이 담긴 물건들이지. 누가 만든 신발? 그래, 장상이가 만든 신발. 장상이는 신발을 만들어 팔면서 살고 있었단다. 식사를 마친 사람들이 신발을 고르고 있었지.

세민황제가 그쪽을 바라보고 있으니까 장상이가 웃으면서 다가와 인사를 해.

"만나게 되어 반갑습니다. 푹 쉬다가 가세요. 신발이 필요하면 편하게 말씀하세요."

그때 매일이가 다가와서 말했단다.

"먼저 뭘 좀 드셔야겠어요. 한 상 차려 올까요?"

"네, 부탁합니다."

매일이는 곧 황제 앞에 밥 한 상을 차려 왔어. 마실거리를 곁들여서 말이지. 황제가 수저를 들어서 먹어보니까 맛이 최고야. 겉보기에 거칠고 소박한데, 궁궐의 음식보다도 입에 착착 감겼단다.

"음식이 정말 맛있습니다!"

그러자 매일이가 환하게 웃으면서 말했어.

"저는 배고픈 분들이 제가 만든 음식을 맛있게 먹는 게 정말로 좋아요. 그래서 책 읽던 일을 그만두고 이 일을 시작했답니다. 원하시면 얼마든지 더 드셔도 돼요. 우리 집에서는 한 상 값으로 두 상을 드린답니다. 한 상을 드시는 분들께는 반값만 받고요."

배가 고팠던 세민황제는 한 상을 더 시켜서 깨끗이 다 먹었어. 매일이는 정말로 한 상 값만 받았지. 황제가 두 상 값을 내려고 하니까 이렇게 말하는 거야.

"맛있게 드셨으면 그것으로 충분합니다. 돈은 상관없어요."

그 말에 황제는 속으로 고개를 끄덕였어. 매일이는 그렇게 사람들에게 매일 귀한 음식을 베풀고 있었던 거야. 음식뿐만 아니라 따뜻한 마음까지 더해서 말이지.

황제는 다음으로 장상이한테로 가서 신발을 골랐어. 마음에 드는 신발 하나를 골라서 값을 치르려고 했지. 그랬더니 장상이가 같은 신발을 한 켤레 더 주는 거야.

"나는 한 켤레만 사려고 하는데."

"우리는 원래 한 켤레 값에 두 켤레를 드립니다. 한 켤레만 필요한 분께는 반값만 받고요. 사람들이 제가 만든 신발을 신고서 편안히 길을 가는 게 저의 행복이에요."

그러자 황제가 물었어.

"이 일은 언제부터 시작했나요?"

"벌써 여러 해가 됐어요. 예전에는 높은 별층당에서 하염없이 글만 읽었었지요. 남들은 그런 삶을 부러워했지만 저는 행복하지 않았어요. 아내와 결혼한 뒤 저한테 딱 맞는 일을 찾아냈지요. 한 땀 한 땀 신발을 만드는 일이 너무나 소중하고 행복합니다."

그 말에 황제는 다시 한번 고개를 끄덕였어. 그러면서 장상이한테 넌지시 말했단다.

"내가 다시 먼 길을 가야 하는데 노잣돈이 부족합니다. 나중에 갚을 테니 돈 백 냥을 빌려주실 수 있나요?"

그러자 장상이는 선뜻 돈 백 냥을 가지고 나와서 건네줬어.

"여기 있습니다. 마침 저한테 돈이 딱 백 냥 있어서 다행이에요."

"그 돈을 다 나에게 주는 건가요? 내가 누구인지도 모를 텐데, 안 갚으면 어쩌려고?"

"괜찮습니다. 돈은 필요한 사람이 쓰라고 있는 것이지요. 기회가 되면 갚으시고 여의치 않으면 그냥 잊으셔도 됩니다."

그 말을 듣고 세민황제는 마음속 깊이 깨달았단다.

'그래, 매일과 장상은 긴긴날을 날마다 이렇게 진심으로 베풀면서 산 거야. 그 정성이 저승의 재물이 돼서 창고에 계속 쌓였던 거고. 이 사람들이 나보다 천 배 만 배 부자로구나!'

깨달음을 안고 궁궐로 돌아온 세민황제는 신하들을 한자리에 모았단다. 그러고는 세상에 널리 덕을 베풀 방법을 의논했지. 그때 누군가가 말했어.

"부처님의 자비심이 세상에 널리 펼쳐지게 해야 합니다."

예전 같았으면 큰일 날 말이었지만 황제는 고개를 끄덕였어. 존경받는 스님들을 시켜서 세상에 부처님의 법도가 널리 퍼질 수 있게 했지. 백성들이 하늘을 따르고 산천의 신들을 믿는 일도 허락하고 존중해 줬어. 당연한 일이지. 직접 저승에 가서 보고 겪은 것이 있으니 말이야.

그런 뒤 세민황제는 사람을 시켜서 궁궐로 매일장상을 불러들였단다. 황제는 두 사람에게 정중히 예를 갖추고서 말했어.

"제가 두 분께 큰 깨달음을 얻어서 널리 덕을 베풀게 됐어요. 정말로 감사합니다. 나중에 두 분께서 저승에 가면 저승왕이 얼마나 반가워하실지! 실은 제가 저승에 갔다가 두 분으로부터 아주 많은 돈을 빌렸답니다. 그 돈을 갚으려고 하니 사양하지 말고 받아 주세요."

그러자 매일과 장상이 말했어.

"세상에는 아직도 밥이 없어서 굶는 사람이 많아요. 옷이 없어

추운 사람과 맨발로 다니는 사람도 무척 많지요. 돈은 부디 그 사람들을 위해서 써주세요."

매일장상이 끝까지 돈을 안 받으려고 하자 황제가 말했지.

"두 분께서 다시 한번 저를 크게 깨우치시는군요. 사람들을 잘 보살피기 위해서 최선을 다하겠습니다. 그렇더라도 저승왕과 단단히 약속한 일이니 이 돈은 받으셔야 합니다."

황제가 억지로 돈을 안겨주자 매일장상은 할 수 없이 돈을 받았단다. 그 돈으로 뭘 했을지 짐작이 가지? 그래, 밥 없이 굶는 사람과 옷 없이 떠는 사람, 맨발로 다니는 사람, 이런 사람들을 널리 찾아서 먹이고 입히고 신겨줬다고 해. 그러고는 다시 집으로 돌아와서 즐겁게 음식을 만들어서 베풀고 정성껏 신발을 만들어서 베풀었단다. 저승 창고의 일에 대해선 조금도 신경 쓰지 않았어. 그냥 하루하루를 열심히 살아갈 따름이었단다.

하루하루를 그렇게 길이길이 살아가는 두 사람을 멀리서 흐뭇한 표정으로 지켜보는 이가 있었단다. 누구였을까? 원천강 사계절 선녀 오늘이였어. 용이 된 이무기도! 그 마을을 잘 보살피면서 풍년이 들고 평화가 이어지도록 도와줬다고 해.

그 뒤로도 매일이와 장상이는 오래오래 변함없이, 자기가 좋아하는 일을 하면서, 즐겁게 널리 베풀면서 행복하게 잘 살았단다.

이야기에 대한 이야기

 연이 퉁이 엄지 이반 세라 뭉이쌤 노고할망

연이   정말정말 좋아요. 진정한 삶의 지혜가 담긴 이야기네요.

엄지   매일장상처럼 살아가면 최고의 휴머니스트일 게 분명해요.

이반   근데 생각 못 한 반전이었어요. 저는 매일이와 장상이가 함께 공부를 계속하거나 책방 같은 걸 할 줄 알았거든요.

뭉이쌤   이 이야기가 평민들 사이에서 구전돼 온 신화거든. 보통 사람들의 생활 감각이 그렇게 반영된 거라고 볼 수 있어. 살아가는 데 실질적으로 중요한 게 먹고 입고 신는 것이라는 인식이지.

퉁이   장상이와 매일이는 본래 책 읽는 게 적성이 아니었을지도 몰라요. 그 일을 즐기지 못했었잖아요.

연이   오오, 그럴듯하다. 나는 그 생각은 못 했어요. 책 읽기가 내 적성에 맞아서 그랬나? 하하.

이반   쌤, 그런데 왜 하필 음식 장사와 신발 장사일까요? 살아가는 데 중요한 일은 많잖아요. 혹시 그 일이 장상이와 매일이 본래의 삶과 연관이 있을까요?

뭉이쌤   내 생각에 매일이는 순간, 장상이는 영원을 상징하는 것 같아. 순간순간을 사느라 바빴던 인물이 매일이였고 영원만 바라보느라 현재에서 의미를 찾지 못한 사람이 장상이였다는 뜻이야. 둘의 만남은 곧 순간과 영원의 어우러짐이라고 볼 수 있어. 그러니 일들이 잘 풀리는 거지. 노고할망님이 '하루하루를 길이길이 살았다'고 하신 것이 그 뜻이야. 보면 매일이가 하는 일이 술 빚는 일이잖아? 술은 금방 익지 않아. 진득이 기다려야지. 그게 매일이에게 필요한 일 아니었을까? 한편으로 신발 만드는 일은 한 땀 한 땀 손을 움직여야만 해. 순간순간에 충실해야지. 멀리 영원만 바라보던 장상이에게 꼭 맞는 일이었다는 게 내 생각이란다.

통이　　　우와! 이야기를 이렇게 해석할 수도 있군요. 놀라워요.

세라　　　제 생각에 저승 창고의 재물은 양이 아니라 정성과 진심으로 헤아릴 것 같아요. 매일과 장상은 늘 진심을 다해서 정성을 베풀었으니 제일가는 부자가 된 거 아닐까요? 사실 두 사람이 가진 재산은 많지 않았잖아요.

노고할망　　그래요. 아무리 베풀어도 남는 게 마음이지!

뭉이쌤　　옛이야기도 덕을 베푸는 좋은 방법이에요. 좋은 기운을 마음껏 전하면서 함께 나눌 수 있으니까요.

통이　　　크크크. 쌤은 '기승전 옛이야기'세요. 아시죠?

세라　　　하지만 맞는 말씀이잖아?

통이　　　그건 그래요. 나는 지금 연이가 얼마나 고마운지 몰라요. 이 이야기를 들을 수 있게 해줘서요.

연이　　　방금 오빠 저승 창고에 재물 늘어나는 소리가 들렸어. 크크.

뭉이쌤　　우리 이번에 들은 좋은 이야기들, 널리널리 나누기로 해요. 이야기를 가둬놓으면 독이 된다는 것, 다들 알죠?

통이　　　하루하루를 길이길이 옛이야기로!

storytelling time.
나도 이야기꾼!

기본 스토리텔링

이번 스테이지에서 만난 이야기 중 가장 마음에 드는 것을 골라서 다음과 같은 단계로 스토리텔링 활동을 해보자.

step 1: 책에 쓰인 그대로 이야기를 소리 내어 읽는다.

step 2: 책에 쓰인 그대로 이야기를 소리 내어 읽되, 가상의 청자에게 말해주듯이 읽는다.

step 3: 청자에게 이야기를 전달하되, 틈틈이 책을 참고한다.

step 4: 청자에게 이야기를 전달하되, 책을 참고하지 않는다.

step 5: 청자에게 이야기를 전달하되, 표현과 내용을 조금씩 자신의 방식대로 바꿔본다.

step 6: 완전히 내 것이 된 이야기를 구연 환경과 청자의 성향에 맞춰 내용과 표현을 자유자재로 조절하며 전달한다.

이야기별 재창작 스토리텔링

다음은 이번 스테이지에서 만난 이야기들에 대한 활동거리이다. 이 중 하나 이상을 골라 스토리텔링 활동을 해보자.

<세 가지 언어>

① **뒷이야기 만들기:** 교황이 된 젊은이가 아버지를 만나는 내용의 뒷이야 기를 만들어보자. 둘이 나누었을 대화를 포함하도록 한다.

<물귀신이 된 부자와 가난한 어부>

② **숨은 이야기 상상하기:** 물귀신을 동생으로 삼은 어부는 어떻게 살아온 사람이고, 왜 강가에 혼자 살게 됐는지 상상해서 이야기를 만들어보자.

<은인의 방탕한 아들>

③ **주인공의 선택에 대해 평가하기:** 이야기 주인공이 은인의 아들을 대한 방식이 최선이었을지 생각해 보고, 더 좋은 방식이 있었다면 무엇일지 말해보자.

<현명한 카테리나>

④ **마음에 들게 이야기 바꾸기:** 마음에 안 드는 내용을 자유롭게 바꾸어서 이야기를 새롭게 구성해 보자. 단, 옛날이야기 식의 인과관계를 갖출 수 있도록 한다.

<**바보 남편의 현명한 아내**>

⑤ **뒷이야기 만들기**: 바보 아들이 왕위를 물려받은 뒤 나라에 큰 위기가 닥쳐오고 부부가 이를 대처하는 내용을 추가해 보자. 단, '지혜'와 '협력'의 요소를 살리고 흥미로운 반전이 담기도록 한다.

<**현명한 아내 만카**>

⑥ **사랑의 편지 쓰기**: 이야기 속의 시장이 되어서 자기를 집으로 데려간 아내에게 사랑의 편지를 써보자. 시나 랩 형태로 표현해도 좋다.

<**매일과 장상이 살아가는 법**>

⑦ **숨은 장면 재구성하기**: 매일과 장상이 결혼한 후 주막과 신발 가게를 열기로 결심하는 과정을 두 사람의 대화 형태로 구성해 보자. 이를 대본 삼아 간단한 연극을 진행해도 좋다.

⑧ **나의 저승 재산 목록 만들기**: 그간 내가 다른 사람들에게 베풀었던 것들을 되짚어 보면서 저승 창고의 목록을 만들어보자. 아울러, 앞으로 무엇을 어떻게 베풀어서 저승 창고를 채울지 미래의 목록도 함께 만들어보자.

이야기 연계 스토리텔링

1. 이 스테이지에 있는 일곱 개의 이야기 속에 나오는 여러 장면 가운데 '삶을 위한 지혜'가 가장 인상적으로 드러난다고 생각되는 부분을 골라서 그 이유를 발표해 보자.

2. 만약 아래 인물들이 〈은인의 방탕한 아들〉 속 방탕한 아들이 도와달라고 찾아왔으면 어떻게 했을지 상상해서 해당 장면을 이야기로 풀어내 보자.
   (1) 〈물귀신이 된 부자와 가난한 어부〉의 '가난한 어부'
   (2) 〈현명한 카테리나〉의 '카테리나'
   (3) 〈매일과 장상이 살아가는 법〉의 '매일장상'

3. 현명한 카테리나와 만카가 절친이라고 가정하고 '타인과 더불어 살아가는 법'에 대한 두 사람의 가상 대화록을 구성해 보자. 단, 상대방의 방식에 대한 비판을 포함하도록 한다.

4. 이 외에 이야기들을 흥미롭게 연계할 수 있는 여러 가지 방법을 찾아보고, 이를 토대로 다양한 스토리텔링 활동을 해보자.

집중 탐구! 이야기의 비밀 코드

설화의 스토리 체계와 서사 구조

인간의 인지와 스토리

설화의 스토리 요소와 체계

화소와 순차구조, 대립구조의 관계

인간의 인지와 스토리

인간을 나타내는 용어는 무척 다양합니다. 인간은 생각하는 존재라는 뜻을 담은 호모 사피엔스(Homo Sapiens)가 유명하지만, 언어적 존재를 뜻하는 호모 로퀜스(Homo Loquens), 놀이하는 존재를 뜻하는 호모 루덴스(Homo Ludens) 등도 널리 쓰이지요. 호모 나랜스(Homo Narrans)라는 말도 요즘 많이 씁니다. 이야기하는 존재로서의 인간을 일컫는 말입니다.

서사학과 인지과학의 관점에서 인간을 호모 스토리언스(Homo Storiens)로 명명할 만합니다. 이는 인간이 스토리적으로 사고하고 행동하는 존재임을 뜻하는 말입니다. 인간의 인지 체계와 행동 방식이 스토리적 지향성을 지닌다는 것이지요.

인간이 보고 듣는 갖가지 일과 마음속에 떠올리는 수많은 상념은 밤하늘의 무수한 별처럼 제각각이고 무질서합니다. 그것을 빠짐없이 기억해서 인지하는 것은 불가능에 가깝지요. 기억되는 것, 기억할 만한 것, 기억하고 싶은 것을 선택해서 새기게 됩니다. 하늘의 별 가운데 색깔이 특이하거나 유난히 빛나는 것이 눈에 들어오는 것과 같은 원리입니다. 이때 우리는 그 별을 하나의 독립된 점으로 기억하는 게 아니라 주변의 다른 별들과 연결해서 기억하게 됩니다. 북쪽 하늘의 일곱 개 별을 국자 모양으로 연결해서 인지하고 북두칠성이라 부르는 것이 그 예입니다.

인지과학은 이와 같은 인식 과정을 스키마(schema) 개념을 통해 설명합니다. 스키마는 유의미한 요소들이 일정한 질서나 구조를 갖춘 형태로 연결된 계열체를 뜻합니다. 인간은 어떤 대상을 볼 때 하나하나를 따로따로 분리해서 인식하는 것이 아니라 스키마에 의해 계열화된 통합체로 인지하는 것이지요.

스토리는 특징적인 스키마라고 할 만합니다. 앞뒤 요소들이 긴밀하게 연결되면서도 절묘한 조화와 긴장이 작용해서 미적 반응을 일으키는 스키마이지요. 논리적 인과관계와 함께 변주와 굴곡, 반전의 요소를 포함하는 것이 스토리의 특성입니다. 이를 통해 마음을 잡아끌면서 재미와 의미를 생성하게 되지요.

인간의 인지가 스토리적이라는 사실은 직관적으로 확인할 수 있습니다. 사람들이 이런저런 스토리를 끝없이 만들어내는 일이나, 잘 짜인 스토리에 마음이 이끌리며 공명하는 일은 인간이 스토리적 존재임을 말해줍니다. 어떤가요? 이 책에서 만난 이야기들에 자연스레 마음이 가면서 흥미가 느껴지지 않던가요? 만약 그랬다면 그것은 곧 여러분들이 호모 스토리언스임을 나타내는 증거라고 할 만합니다.

설화의 스토리는 인간의 인지가 현실적인 제한 없이 자유롭게 펼쳐진 결과물입니다. 설화를 통해 스토리의 가장 원초적이고 전형적인 사례들과 만날 수 있지요. 논리적 사고력과 창조적 상상력 등 인간의 인지능력을 발달시킴에 있어 설화를 말하고 듣는 일이 더없이 좋은 방법이라는 사실을 잊지 마세요.

설화의 스토리 요소와 체계

설화에서 스토리를 이루는 핵심 요소는 무엇일까요? 그건 바로 '사건'입니다. 특정한 사건이 있어야 스토리가 성립될 수 있지요. 그 사건은 어떤 행위의 주체가 있기 때문에 성립되는데, 그 주체를 서사학에서는 '인물'이라고 합니다. 아울러 그 사건은 특정한 시간과 공간 속에서 펼쳐지게 돼 있지요. 바로 '배경'입니다. 이들 세 가지, 곧 사건과 인물과 배경을 서사의 세 요소라고 합니다. 모든 서사문학 작품에는 이 세 요소가 있기 마련이지요. 설화도 마찬가지입니다. 이 책에 실린 이야기들에서도 인물과 사건, 배경이 어우러지고 있음을 확인할 수 있을 거예요.

설화는 미적 상상을 자유롭게 펼쳐나가는 이야기입니다. 인물과 사건, 배경 등에 낯설고 특별한 무엇이 있을 때 설화적 상상은 효과적으로 발휘될 수 있지요. 설화의 스토리를 이루는 낯설고 특별한 요소들을 설화학에서는 화소(話素, motif)라고 합니다. 화소에 대해서는 1권에서 자세히 다룬 바 있지요. 1권 말미에 있는 '스토리의 비밀 코드' 부분을 살펴보기 바랍니다.

밤하늘에 비유하자면 화소는 유난히 빛나는 별들에 해당합니다. 우리 눈길을 끌고 마음을 움직이는 무엇이지요. 하지만 별들이 서로 이어져서 별자리를 이루듯이, 화소들은 서로 잘 연결됨으로써 스토리를 이루게 됩니다. 설화는 문학 작품이잖아요? 설화에서 화소의 스토리적 연결은 '미적 구조' 형태로 이루어지게 됩니다. 그 구조를 설화학에서는 '서사구조'라고 부르지요.

설화 서사구조의 기본 축을 이루는 것은 순차구조입니다. 화소들을 연결하는 가운데 이야기의 앞뒤를 순차적으로 이어가는 스토리적 계열체가 곧 순차구조입니다. 여러 화소들 가운데 특히 '사건'과 관련되는 것들을 앞뒤로 긴밀하게 잇게 되지요.

설화의 서사구조에는 순차구조와 함께 대립구조가 있습니다. 대립구조란 스토리 진행 순서와 상관없이 이야기의 바탕에 깔려 있는 여러 대립 요소, 예컨대 하늘과 땅, 신과 인간, 선과 악, 남성과 여성, 귀족과 서민, 이성과 감정, 지혜와 무지, 에로스와 타나토스 등의 대립항들 사이에 형성되는 의미적 상관관계를 뜻합니다. 순차구조와 달리 대립구조는 겉으로 쉽게 드러나지 않기 때문에 내적이고 심층적인 분석이 필요합니다.

다음은 설화에서 화소와 순차구조, 대립항과 대립구조의 관계를 하나의 개념도로 나타내 보인 것입니다.

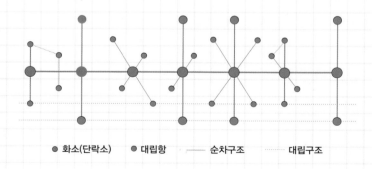

● 화소(단락소)   ● 대립항   ── 순차구조   ······ 대립구조

그림에서 파란 동그라미들은 스토리와 관계되는 화소들을 나타낸 것입니다. 이들을 앞뒤로 이으면 순차구조가 되지요. 그림 중앙 부분의 파란 선이 그것입니다. 이때 그냥 앞뒤를 대충 잇는 것으로는 부족하며, 맥락을 잘 잡아서 체계적으로 이어야 합니다. 잘 짜인 틀이라야 구조라고 할 수 있지요. 순차구조를 이루는 요소는 '결핍→결핍의 해소', '금기→위반→위반의 결과' 등과 같이 앞뒤 관계를 의미화할 수 있는데, 이렇게 의미화한 요소를 일컬어서 '단락소(motifeme)'라고 부르기도 합니다.

설화의 대립구조를 분석하기 위해서는 주요 화소들에 내재된 의미적 대립항을 찾아낼 필요가 있습니다. 앞의 그림에서 빨간 동그라미로 표시된 짝들이 곧 대립항입니다. 하나의 화소에 여러 대립항이 작용하는 경우가 많아요. 그림에서 일부 화소에 두 개 또는 세 개의 대립항을 그린 것은 이를 나타내기 위함입니다.

잘 찾아보면 한 설화 속의 서로 다른 여러 화소들에 내재한 대립항들 가운데 반복되는 것들을 볼 수 있습니다. 예컨대 '지혜 대 무지'의 대립이 여러 화소에서 나타날 수 있어요. 이 책에 실린 설화들에도 이런 사례들이 꽤 있습니다. 이렇게 여러 화소에서 반복되는 대립항을 의미적으로 연결한 구조가 곧 설화의 대립구조입니다. 앞의 그림에서 이를 붉은 점선으로 표현한 것이 그것입니다. 점선으로 표현한 것은 그것이 직접적인 연결이 아니라 간접적이고 층위적인 연결에 해당하기 때문입니다.

개념적으로 설명하니까 좀 어렵게 느껴질 수 있겠어요. 하지만 실제 이야기를 놓고서 보면 그리 어렵지 않습니다. 각 이야기마다 주요 화소가 무엇인지를 찾아보고 그것이 어떻게 앞뒤로 이어지면서 스토리 짜임새를 이루는지, 그리고 거기에는 어떤 의미 요소가 중점적으로 부각되고 있는지를 살핀다고 생각하면 됩니다. 그런 과정을 좀 더 정교하게 진행하면 그것이 곧 설화의 구조와 의미를 분석하는 일이 되지요.

화소와 순차구조, 대립구조의 관계

한 편의 설화 속에서 화소와 구조는 서로 긴밀히 맞물려 한 몸을 이룹니다. 하지만 화소와 구조는, 특히 화소와 순차구조는 질적으로 다른 특징을 지니는 서사 요소입니다. 서로 속성이 다르며, 서사적 기능과 역할이 같지 않아요. 그 차이를 대립항 형태로 정리해 보이면 다음과 같습니다.

화소	부분	구체적	독자적	자유	의미	확산	원심
순차구조	전체	추상적	총합적	규칙	형태	수렴	구심

이야기에서 화소가 '부분'이라면 순차구조는 '전체'에 해당합니다. 화소가 구체적 이미지를 지니는 데 비하면 순차구조는 추상적 틀에 가깝지요. 하나의 화소에는 여러 의미가 담겨 있어서 어디로 튈지 가늠하기 어려운데, 순차구조는 그것을 연결해서 짜임새 있게 붙잡아 주는 역할을 합니다. 화소가 독자적이고 자유로운 데 비해 순차구조가 총합적이고 규칙적이라 함은 이를 나타낸 것입니다. 설화에서 화소와 순차구조는 둘 다 의미와 형태에 작용하지만 양상은 다릅니다. 화소가 의미에 크게 작용하는 데 비해 순차구조는 형태 쪽에서 큰 역할을 하지요.

'확산:수렴' 또는 '원심:구심'의 대립항은 화소와 순차구조의 상관관계를 단적으로 말해줍니다. 독자성과 자유로움, 변격의 낯섦, 개방적 모호성을 특징으로 하는 화소가 설화 내에서 확산을 지향하는 가운데 원심력을 발휘한다면, 종합성과 규칙성, 정격의 익숙함과 명확성을 특징으로 하는 순차구조는 수렴을 지향하면서 구심력을 발휘하게 되지요. 그 서로 다른 운동성이 역동적으로 맞물림으로써 설화를 미적 긴장과 질서를 갖춘 문학 작품으로 만들어냅니다. 설화를 해석하거나 표현할 때는 이와 같은 화소와 순차구조의 미적 관계를 잘 살려낼 필요가 있습니다.

그렇다면 대립항과 대립구조는 어떨까요? 이들은 설화에서 순차구조보다 화소와 더 가까운 관계에 있다고 볼 수 있습니다. 대립구조의 요소가 되는 의미적 대립항들이 화소에 내재한다는 점을 생각하면 당연한 일이 됩니다. 앞서 말했듯이 하나의 화소에는 다양한 의미 요소가 담겨 있고, 이를 여러 대립항 형태로 나낼 수 있어요. 주요한 의미 요소를 놓치지 않고 찾아내는 것이, 특히 표면에 드러나는 것 말고 이면에 숨어 있는 의미 요소를 잘 짚어내는 것이 중요한 과제가 됩니다.

하지만 무조건 많이 찾아내는 것이 능사는 아닙니다. 중요한 요소를 잘 가려내는 것이 중요해요. 그리고 하나의 화소에 한정되지 않고 여러 화소에 반복적으로 작용하는 요소를 잘 짚어내는 것이 중요합니다. 예컨대 어떤 설화에서 '표면만 보는 무지함'과 '이면을 꿰뚫어보는 지혜'라는 대립 요소가 작품 시작 부분의 화소와 중간 부분, 끝부분의 화소에서 반복적으로 나타난다면 이는 아주 중요한 요소가 되겠지요. 이렇게 반복되는 의미적 대립항을 서로 연결해서 인식적·의미적 틀을 짚어내면 그것이 곧 대립구조 분석이 됩니다. 숨어 있는 심층적 의미 구조를 잘 짚어내면 각 설화의 주제를 잘 드러내는 의미심장한 분석이 될 수 있지요.

설화의 구조와 의미 분석은 쉬운 일이 아니지만, 아주 흥미로운 일이기도 합니다. 자꾸 연습을 해나가다 보면 감각과 능력을 꾸준히 향상시킬 수 있어요. 그렇게 되면 설화라는 특별한 만국 공통어에 뛰어난 능력자가 되어서 스토리텔러로서도 큰 역량을 발휘할 수 있게 됩니다. 한번 도전해 보기 바랍니다.

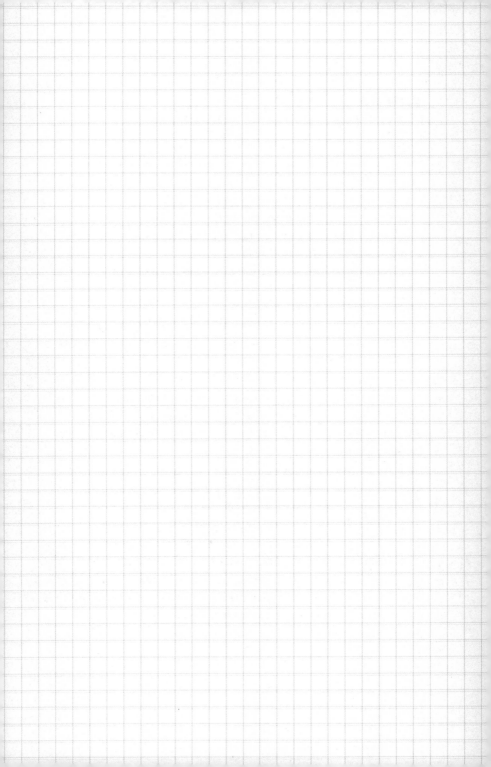

참고한 책들

(자료에 있는 내용을 참고하되 내용과 표현을 새롭게 재서술했음을 밝힙니다.)

장미 잎사귀: Jens Christian Bay et al., *Danish Folk Tales*, New York and London: Harper & Brothers Publishers, 1899.

인간의 지혜: 신동흔 외, 《몽골 설화》, 다문화 구비문학대계 10, 북코리아, 2022.

나스레딘의 지혜: 지하드 다르비슈, 이상해 옮김, 《이슬람의 현자 나스레딘》, 현대문학북스, 2002.

사마광과 물항아리: 신동흔 외, 《중국 설화 (Ⅰ)》, 다문화 구비문학대계 7, 북코리아, 2022. | 신동흔 외, 《중국 설화 (Ⅱ)》, 다문화 구비문학대계 8, 북코리아, 2022.

지혜로운 며느리: 《한국구비문학대계》에 수록된 여러 자료들 | 신동흔 엮음, 《세계민담전집 01 한국 편》, 황금가지, 2003.

사랑과 개: 선용 엮음, 《티베트 민간설화》, 신아출판사, 2010.

영리한 하인: 그림 형제 지음, 김경연 옮김, 《그림 형제 민담집》, 현암사, 2012. | Brüder Grimm(Autor), Heinz Rölleke(Herausgeber), *Kinder‑ und Hausmärchen*, 1-3, Stuttgart: Philipp Reclam jun. GmbH & Co., 1980.

나무꾼의 딸: 안상훈 엮어 옮김, 《카자흐 민담》, 민속원, 2018.

어두운 밤의 파수꾼: 카마 싱크 카만다 글, 류재화 옮김, 《아프리카 우화집》, 아일랜드, 2009

곤궁아주머니의 배나무: 나송주 엮음, 《세계민담전집 05 스페인 편》, 황금가지, 2003.

의사와 저승사자: 존 비어호스트 지음, 서울대학교 라틴아메리카연구소 옮김, 《라틴아메리카의 신화, 전설, 민담》, 서울대학교출판문화원, 2018.

불운을 상대하는 법: 알렉산드르 아파나세프 편집, 서미석 옮김, 《러시아 민화집》, 현대지성사, 2000.

사제와 교회지기: 페테르 아스비에른센·예르겐 모에, 이남주 옮김, 《노르웨이 옛이야기》, 오롯, 2018.

머리카락이 먼저 세는 이유: 최창모 엮음, 《세계민담전집 15 이스라엘 편》, 황금가지, 2008.

너그러운 왕과 지혜로운 소녀: 신동흔 외, 《몽골 설화》, 다문화 구비문학대계 10, 북코리아, 2022.

개구장이 시슬루 이야기: 신동흔 외, 《인도·네팔 설화》, 다문화 구비문학대계 13, 북코리아, 2022.

아이와 물고기: 요르고스 A. 메가스 엮음, 유재원·마은영 옮김, 《그리스 민담》, 예담, 2015.

지혜로운 새와 사냥꾼: 최창모 엮음, 《세계민담전집 15 이스라엘 편》, 황금가지, 2008.

쿨라족이 흐느끼던 벌판: 최재현·김영애 엮음, 《세계민담전집 06 태국·미얀마 편》, 황금가지, 2003.

말하는 해골: 홍명희 편역, 《아프리카의 민담-중부 아프리카 편》, 아딘크라, 2018.

현자의 수염: 이남호의 세계민담기행, 《상상력의 보물창고》, 현대문학, 1998.

영리한 엘제: 그림 형제 지음, 김경연 옮김, 《그림 형제 민담집》, 현암사, 2012. | 그림 형제 지음, 김열규 옮김, 《그림 형제 동화전집》 1-2, 현대지성사, 1998. | Brüder Grimm(Autor), Heinz Rölleke(Herausgeber), *Kinder - und Hausmärchen*, 1-3, Stuttgart: Philipp Reclam jun. GmbH & Co., 1980.

세 동물의 걱정: 최재현·김영애 엮음, 《세계민담전집 06 태국·미얀마 편》, 황금가지, 2003.

부엉이 총각: Diane Wolfskin, *The Magic Orange Tree*, and other Haitian Folktales, New York: Schocken Books, 1997.

마녀의 초록 모자: 나송주 엮음, 《세계민담전집 05 스페인 편》, 황금가지, 2003.

세 가지 언어: 그림 형제 지음, 김경연 옮김, 《그림 형제 민담집》, 현암사, 2012. | 그림 형제 지음, 김열규 옮김, 《그림 형제 동화전집》 1-2, 현대지성사, 1998. | Brüder Grimm(Autor), Heinz Rölleke(Herausgeber), *Kinder - und Hausmärchen*, 1-3, Stuttgart: Philipp Reclam jun. GmbH & Co., 1980.

물귀신이 된 부자와 가난한 어부: 신동흔 외, 《필리핀·인도네시아·대만·홍콩 설화》, 다문화 구비문학대계 6, 북코리아, 2022.

은인의 방탕한 아들: 김능우 엮음, 《세계민담전집 13 아랍 편》, 황금가지, 2008.

현명한 카테리나: 이기철 엮음, 《세계민담전집 06 이탈리아 편》, 황금가지, 2003. | Italo Calvino, *Italian Folktales*, Penguin Books, 2002.

바보 남편의 현명한 아내: 박미령 역, 《북아시아 설화집 4 칼미크족, 벱시족》, 이담, 2015.

현명한 아내 만카: 조안나 코울 편, 서미석 옮김, 《세상에서 가장 사랑받는 200가지 이야기 ③ 동유럽·아시아 편》, 현대지성사, 1999.

매일과 장상이 살아가는 법: 赤松智城·秋葉隆, 《朝鮮巫俗の研究)(上)》, 玉號書店, 1937. | 신동흔, 《살아 있는 한국신화》, 한겨레출판, 2014.

세 계 설 화 를 읽 다 4

저승사자를 이겨먹은 곤궁아주머니

1판 1쇄 발행일 2024년 2월 19일

지은이 신동훈
그린이 강혜진

발행인 김학원
발행처 (주)휴머니스트출판그룹
출판등록 제313-2007-000007호(2007년 1월 5일)
주소 (03991) 서울시 마포구 동교로23길 76(연남동)
전화 02-335-4422 **팩스** 02-334-3427
저자·독자 서비스 humanist@humanistbooks.com
홈페이지 www.humanistbooks.com
유튜브 youtube.com/user/humanistma **포스트** post.naver.com/hmcv
페이스북 facebook.com/hmcv2001 **인스타그램** @humanist_insta

편집책임 문성환 **편집** 윤무재 **디자인** 기하늘
용지 화인페이퍼 **인쇄** 청아디앤피 **제본** 민성사

ⓒ 신동훈·강혜진, 2024

ISBN 979-11-7087-113-2 44800
　　　979-11-7087-109-5 (세트)